双葉文庫

新・知らぬが半兵衛手控帖

戯け者

藤井邦夫

目次

戯《たわ》け者《もの》　新・知らぬが半兵衛手控帖

江戸町奉行所には、与力二十五騎、同心百二十人がおり、南北合わせて三百人ほどの人数がいた。その中で捕物、刑事事件を扱う同心は所謂《いわゆる》〝三廻り同心〟と云い、各奉行所に定町廻り同心六名、臨時廻り同心六名、隠密廻り同心二名とされていた。

臨時廻り同心は、定町廻り同心の予備隊的存在だが職務は全く同じである。そして、定町廻り同心を長年勤めた者がなり、指導、相談に応じる先輩格でもあった。

第一話　美人局《つつもたせ》

一

寝間《ねま》の障子は、雨戸の隙間や節穴《ふしあな》から差し込む朝陽を受けて仄《ほの》かに明るくなった。

北町奉行所臨時廻り同心白縫半兵衛《きたまちぶぎょうしょりんじまわりどうしんしらぬいはんべえ》は、寝床を抜け出して障子と雨戸を開けた。

朝陽は、溢《あふ》れんばかりに差し込んだ。

半兵衛は、眩《まぶ》しく眼を細めて大きく背伸びをした。

「旦那、おはようございます」

廻《まわ》り髪結《かみゆい》の房吉《ふさきち》が、鬢盥《びんだらい》を提《さ》げて庭先にやって来た。

「おう。顔を洗って来るよ……」

半兵衛は、手拭《てぬぐい》と房楊枝《ふさようじ》を手にして井戸端《いどばた》に行った。

房吉は縁側に上がり、雨戸を全部開けて日髪日剃《ひがみひぞり》の仕度を始めた。

房吉は、半兵衛の月代《さかやき》を剃り、解いた髪を結い始めた。

髪を締められて感じる微《かす》かな痛みは、半兵衛にとって心地好かった。

「旦那……」

「なんだい……」

「近頃、神田明神《かんだみょうじん》や湯島天神《ゆしまてんじん》辺りに粋《いき》な形《なり》をした年増《としま》の美人局が現れるって話、御存知ですかい……」

房吉は、半兵衛の髷《まげ》を結った。

「年増の美人局……」

半兵衛は、戸惑いを浮かべた。

〝美人局〟とは、夫や男のいる女が他の男と良い仲になる。そして、夫や男が現れて姦夫《かんぶ》から金銭を脅《おど》し取る犯罪を云った。

「ええ……」

房吉は、半兵衛の髷に元結《もとゆい》を巻き始めた。

「今時、年増の美人局か……」

半兵衛は苦笑した。

「ええ。で、脅しに出て来るのが侍だって話ですぜ」

「侍、浪人か……」

「そいつが、御家人かもしれないと……」

房吉は、元結を結んで鋏《はさみ》で切った。

小さな音が鳴った。

「御家人ねえ……」

半兵衛は眉をひそめた。


神田明神は賑《にぎ》わっていた。

半兵衛は、岡《おか》っ引《ぴき》の本湊《ほんみなと》の半次《はんじ》と下《した》っ引《ぴき》の音次郎《おとじろう》を従えて境内《けいだい》の隅の茶店に入った。

「おいでなさいまし……」

茶店の老亭主が迎えた。

「やあ。父っつあん、茶を三つだ」

半兵衛は、縁台に腰掛けながら注文した。

「はい。只今《ただいま》……」

老亭主は奥に入った。

神田明神は見廻りの道筋であり、茶店に立ち寄るのはいつもの事だった。

境内には参拝客が行き交《か》い、本殿に手を合わせていた。

「お待たせしました」

老亭主が茶を持って来た。

「おう。処《ところ》で父っつあん、近頃、界隈《かいわい》に美人局が現れているそうだが、知っているかな」

半兵衛は、茶を飲みながら老亭主に尋ねた。

「美人局ですか……」

老亭主は、白髪眉《しらがまゆ》をひそめた。

「うん……」

「さあ……」

老亭主は首を捻《ひね》った。

〝美人局〟は立派な犯罪だが、金を脅し取られた者は女の色香に惑わされた己を恥じて滅多に訴え出ず、事件が公《おおやけ》になる事は少なかった。

「女は粋な形の年増なんだがね……」

「粋な形の年増ですか……」

「ああ……」

「美人局に拘《かか》わりがあるかどうかは分かりませんが、粋な形の年増は時々見掛けますよ」

老亭主は告げた。

「そうか。粋な形の年増、時々見掛けるか……」

半兵衛は、境内を行き交う参拝人を眺めた。

粋な形の年増など大勢いる。

老亭主が時々見掛ける粋な形の年増が、美人局を働いている女だとは決め付けられない。

「どうします……」

半次は、半兵衛に尋ねた。

「さあて、張り込むにしても、今日現れるかどうか……」

「旦那、構わなければ、あっしが暫《しばら》く張り込んでみましょうか……」

「半次が……」

「ええ。旦那は音次郎といつもの様に見廻りに行って下さい。で、父っつあんの云っている粋な形の年増が来たら、ちょいと調べてみますよ」

「よし、そうしてみるか……」

半兵衛は頷《うなず》き、音次郎と次の見廻りの地である湯島天神に向かった。

半次は残り、粋な形の年増が現れるのを待った。


半兵衛は、音次郎といつもの見廻りの道筋を進んだ。

湯島天神、不忍池《しのばずのいけ》、下谷《したや》広小路《ひろこうじ》、浅草《あさくさ》……。

半兵衛と音次郎は、何事もなく見廻りを続けた。


神田明神は刻《とき》が過ぎると共に参拝客が増え、本殿前や境内は賑わった。

半次は、茶店の隅から参拝客たちを眺めていた。

今の処《ところ》、それと思われる粋な形の年増はいない。

半次は、粘り強く見張った。

午《うま》の刻《こく》九つ（正午）を報《しら》せる東叡山寛永寺《とうえいざんかんえいじ》の鐘《かね》の音《ね》が、鳴り響いた。

今頃、半兵衛と音次郎は浅草広小路から浅草寺《せんそうじ》を見廻っている頃だ。

半次は、半兵衛と音次郎の動きを読みながら見張り続けた。

「親分さん……」

茶店の老亭主が傍《そば》に来た。

「どうかしたかい、父っつあん……」

「あそこの石灯籠《いしどうろう》の傍にいるお店《たな》の旦那のような人……」

老亭主は、石灯籠の傍に佇《たたず》んでいる四十歳過ぎの羽織を着た男を示した。

「うん。あいつがどうかしたかい……」

「此《こ》の前、粋な形の年増と一緒にいましたよ」

老亭主は告げた。

「粋な形の年増と……」

「ええ。あっ、いらっしゃいませ……」

老亭主は、訪れた客の許《もと》に行った。

半次は、石灯籠の傍に佇む旦那風の男を見守った。

旦那風の男は、人待ち顔で本殿の方を眺めていた。

半次は、旦那風の男の視線の先を追った。

視線の先には、本殿前の参拝客たちがいた。

そして、参拝客の間から粋な形の年増が参拝を終えて現れた。

粋な形の年増……。

半次は緊張した。

粋な形の年増は、石灯籠の傍にいる旦那風の男に駆け寄った。そして、旦那風の男の手を取り、科《しな》を作って艶《つや》っぽく笑った。

美人局の粋な形の年増か……。

半次は見守った。

旦那風の男と粋な形の年増の周囲に、脅し役の侍はいないか……。

半次は周囲を窺《うかが》い、それらしい侍はいないのを見定めた。

旦那風の男と粋な形の年増は、何事かを囁《ささや》き笑い合いながら境内から出て行った。

半次は追った。

旦那風の男と粋な形の年増は、神田明神を出て明神下の通りを不忍池に向かった。

半次は尾行《つけ》た。

不忍池は煌《きら》めいていた。

旦那風の男は、粋な形の年増の肩を抱き寄せて何事かを囁きながら不忍池の畔《ほとり》を進んだ。

粋な形の年増は、科を作って押されるように進んだ。

何処《どこ》に行く……。

半次は尾行た。

不忍池の畔に小さな茶店があり、旦那風の男と粋な形の年増は通り過ぎた。

着流しの侍が小さな茶店から現れ、旦那風の男と粋な形の年増に続いた。

脅し役の侍……。

半次は緊張した。

旦那風の男と粋な形の年増は、雑木林《ぞうきばやし》の間の小道に曲がった。

着流しの侍は立ち止まった。

雑木林の小道の先には、『若柳《わかやなぎ》』と云う屋号の料理屋がある。

半次は、物陰に隠れて見守った。

旦那風の男と粋な形の年増は、料理屋『若柳』に入った……。

半次は見定めた。

着流しの侍は辺りを見廻し、薄笑いを浮かべて料理屋『若柳』に向かった。

美人局を働く……。

半次の勘が囁いた。


旦那風の男は、酒を飲んでいた粋な形の年増を抱き寄せた。

「おさよ……」

「惣兵衛《そうべえ》の旦那さま……」

おさよと呼ばれた粋な形の年増は、惣兵衛と云う旦那風の男に背後から抱き寄せられた。

「おさよ……」

惣兵衛は、背後から抱いたおさよに猪口《ちょく》の酒を飲ませた。

おさよは酒を飲んだ。

惣兵衛は、おさよの胸元に手を入れた。

「惣兵衛の旦那……」

おさよは、逃れるように身をくねらせながら笑った。

刹那《せつな》、襖《ふすま》を開けて着流しの侍が入って来た。

「な、何ですか……」

惣兵衛は驚き、声を上擦《うわず》らせた。

「おさよ……」

着流しの侍は、おさよを見据えた。

「お、お前さん、惣兵衛さまが無理矢理……」

おさよは、着流しの侍に訴えた。

「惣兵衛、おのれ、俺の妻に何をした……」

着流しの侍は、惣兵衛を冷たく見据えた。

「て、手前は何も、未《ま》だ何も……」

惣兵衛は、上擦った声を震わせた。

「ならば、金だ。詫びの印に金を出せ……」

着流しの侍は、惣兵衛を厳しく見据えた。

「は、はい……」

惣兵衛は、震える手で懐から財布を出した。

おさよは、冷たい笑みを浮かべた。

おさよに惣兵衛、そして着流しの侍……。

美人局……。

半次は座敷の庭先に潜み、美人局が行われているのを見定めた。

料理屋『若柳』からは、三味線《しやみせん》の爪弾《つまび》きが洩れていた。

着流しの侍とおさよは、料理屋『若柳』から出て来て不忍池の畔を下谷広小路に向かった。

半次は追った。

取り敢えず着流しの侍とおさよだ……。

半次は、着流しの侍とおさよの素性《すじよう》と行き先を突き止めようとした。

着流しの侍とおさよは、不忍池の畔を進んだ。

半次は尾行た。

下谷広小路に近づいた時、着流しの侍は立ち止まった。

おさよは、立ち止まった着流しの侍を残したまま歩み続けた。

どうした……。
半次は、戸惑いを浮かべて立ち止まった。
着流しの侍は立ち止まり続け、おさよは下谷広小路の雑踏《ざっとう》に進んで行った。
尾行に気が付かれた……。
着流しの侍は、半次の尾行に気が付いておさよを先に逃がしたのだ。
拙《まず》い……。
半次は焦った。
おさよは、下谷広小路の雑踏に入り、その姿を消した。
どうする……。
半次は、焦りを募らせた。
おさよを追えば、着流しの侍は必ず斬り掛かって来る。
半次は動けなかった。
着流しの侍は振り返った。
半次は、思わず身構えた。
着流しの侍は、半次に笑い掛けた。
不気味な笑みだった。

半次は立ち竦《すく》んだ。

着流しの侍は、下谷広小路に向かった。

追えば斬られる……。

半次は、背筋に冷たいものを感じて立ち尽くした。

「南無阿弥陀仏……」

饅頭笠《まんじゆうがさ》を被《かぶ》った托鉢坊主《たくはつぼうず》が、経を小声で読みながら立ち尽くす半次を追い抜いて行った。

雲海坊《うんかいぼう》……。

半次は、托鉢坊主が柳橋《やなぎばし》の弥平次《やへいじ》配下の雲海坊だと気が付いた。

雲海坊は、落ち着いた足取りで着流しの侍を追って行った。

着流しの侍の行き先は、雲海坊が突き止めてくれる……。

半次は安堵《あんど》した。

惣兵衛だ……。

半次は、惣兵衛の残った料理屋『若柳』に急いで戻った。

半次が料理屋『若柳』に戻った時、惣兵衛が出て来た処だった。

惣兵衛は、悄然《しょうぜん》とした足取りで不忍池の畔を明神下の通りに向かった。

呼び止めるか……。

半次は迷った。

呼び止めて美人局について訊いた処で、惣兵衛が素直に話すとは思えない。女の色香に惑わされ、金を脅し取られたのは恥《はじ》以外の何ものでもないのだ。

半次は読んだ。

先《ま》ずは惣兵衛の素性を突き止め、訊くのはそれからだ……。

半次は、重い足取りで行く惣兵衛を追った。


下谷広小路は、東叡山寛永寺の参拝客で賑わっていた。

着流しの侍は、下谷広小路を横切って三枚橋《さんまいばし》横丁に入り、忍川《しのぶがわ》沿いの道を進んだ。

雲海坊は、慎重に尾行した。

着流しの武士は、半次の尾行を止めさせたのに安堵し、警戒を緩めていた。

雲海坊は、経を読みながら追った。

着流しの侍は、御徒町《おかちまち》の下谷練塀小路《したやねりべいこうじ》に向かった。

御家人か旗本なのか……。
雲海坊は、下谷練塀小路を南に進む着流しの侍の素性を読んだ。
着流しの侍は、連《つら》なる組屋敷《くみやしき》の一軒の木戸門を潜《くぐ》った。
雲海坊は見届けた。
着流しの侍の屋敷なのか、それとも知り合いの処に立ち寄っただけなのか
……。
雲海坊は、組屋敷を窺った。
着流しの侍が出て来る気配はなかった。
雲海坊は、聞き込みを開始した。

神田川には水鳥が遊んでいた。
惣兵衛は、神田川に架かっている昌平橋《しょうへいばし》を渡り、八《や》ツ小路《こうじ》に進んだ。
半次は追った。
惣兵衛は、八ツ小路から日本橋《にほんばし》に続く通りに向かった。

神田鍋町《かんだなべちょう》の小間物屋《こまものや》『音羽屋《おとわや》』は、女客で賑わっていた。

惣兵衛は、小間物屋『音羽屋』に進んだ。

「お帰りなさいませ」

小間物屋『音羽屋』の表を掃除していた小僧が迎えた。

「うむ……」

惣兵衛は頷き、小間物屋『音羽屋』の暖簾《のれん》を潜って行った。

半次は見届けた。

惣兵衛は、小間物屋『音羽屋』の旦那なのか……。

半次は、確かめる事にした。


着流しの侍の入った組屋敷の主《あるじ》は、筧小五郎《かけいこごろう》と云う御家人だった。

雲海坊は、界隈の組屋敷の下男や出入りの商人たちに聞き込みを掛けた。

筧小五郎は、その人相風体《にんそうふうてい》から着流しの侍だった。

雲海坊は見定めた。

さあて、どうする……。

雲海坊は、半次がどうして筧小五郎を追っていたかは知らない。

日は西に大きく傾いた。

北町奉行所は表門を閉める暮六つが近付き、人々は忙しく出入りしていた。

半兵衛は、音次郎を従えて見廻りから戻って来た。

「知らん顔の旦那……」

雲海坊が、表門の腰掛《こしかけ》にいた。

「おう。雲海坊じゃあないか……」

「御無沙汰しております」

雲海坊は、半兵衛に挨拶をした。

「北町に来るとは、珍しいな……」

「はい。不忍池の畔で半次の親分と逢いましてね……」

「半次と……」

半兵衛は、美人局に動きがあったと気が付いた。

「はい……」

「して、半次は……」

「未だ、戻っていないようでして……」

「そうか。じゃあ音次郎、門番に半次が来たら一石橋《いちこくばし》の袂《たもと》の蕎麦屋《そばや》だと教えるように頼んで来い」

「合点《がってん》です」

音次郎は、表門の門番に走った。

「さあ……」

半兵衛は、雲海坊を促した。

「さあて、何があったのかな……」

半兵衛は、雲海坊に徳利《とくり》を差し出した。

「畏《おそ》れ入ります……」

雲海坊は酒を注《つ》いで貰《もら》い、半兵衛と音次郎に酌《しゃく》をした。

半兵衛、音次郎、雲海坊は酒を飲んだ。

「して……」

半兵衛は、雲海坊を促した。

「はい。不忍池の畔で着流しの侍と粋な形の年増を尾行る半次の親分を見掛けましてね」

「ほう。着流しの侍と粋な形の年増か……」

美人局だ……。

半次は、美人局の粋な形の年増と脅し役の侍を見付けたのだ。

半兵衛は読んだ。

「旦那、美人局ですね」

音次郎は、緊張を滲《にじ》ませた。

「うん……」

半兵衛は頷いた。

「美人局……」

雲海坊は眉をひそめた。

「うん。して、どうした……」

「はい。着流しの侍が粋な形の年増を先に行かせて立ち止まりましてね」

「半次の尾行、気付かれたか……」

「はい。で、半次の親分、身動きが取れなくなっちまいましてね。それであっしが……」

「代わりに追ってくれたか……」

「はい。着流しの侍を……」

「して……」

「下谷練塀小路の組屋敷に住んでいる筧小五郎と云う名の御家人でした」

「御家人の筧小五郎か……」

粋な形の年増の美人局の脅し役は、筧小五郎と云う御家人だった。

「して雲海坊、筧小五郎の御新造《ごしんぞう》、どんな女かな……」

粋な形の年増は、筧小五郎の妻なのかもしれない。

「さあ、そこ迄《まで》は……」

雲海坊は首を捻った。

「見ちゃあいないか……」

「はい……」

雲海坊は頷いた。

「遅くなりました……」

半次が入って来た。

「御苦労だったな」

半兵衛は労《ねぎら》った。

「いえ。雲海坊……」

「行き先、見届けましたよ」

「そいつは助かった。礼を云うよ」

「さ、親分……」

音次郎が、半次に酌をした。

半次は、酒を飲んで一息ついた。

「旦那、美人局が現れましてね。脅されたお店の旦那、神田鍋町の音羽屋って小間物屋の惣兵衛と云う旦那でしたよ」

「小間物屋音羽屋の惣兵衛ねえ……」

半兵衛は酒を飲んだ。

二

神田鍋町の小間物屋『音羽屋』の主惣兵衛は、御家人の筧小五郎と粋な形の年増のおさよの美人局に遭い、金を脅し取られた。

「粋な形の年増の名はおさよか……」

「はい……」

半次は頷いた。

「今時、美人局ですか……」

雲海坊は苦笑した。

「ああ……」

半次は頷いた。

「ま、そいつは音羽屋の惣兵衛が金を脅し取られたと認めてからだ」

「じゃあ惣兵衛に……」

「うむ。明日一番で逢ってみよう」

半兵衛は決めた。

「はい。それにしても分からないのは、粋な形の年増のおさよですか……」

半次は眉をひそめた。

「ああ。ひょっとしたら御家人の筧小五郎の御新造かもしれないが、ま、そいつも明日だ」

半兵衛は酒を飲んだ。

「知らん顔の旦那、半次の親分、良かったらお手伝いしますぜ」

雲海坊は身を乗り出した。

「そうか。だったら雲海坊、神田明神や湯島天神で店を開いている露天商たちに粋な形の年増を見掛けた事がないか、美人局の噂を聞いた者がいないか捜してくれるかな」

半兵衛は頼んだ。

「承知しました……」

雲海坊は頷いた。

半兵衛、半次、音次郎、雲海坊は、酒を飲んで蕎麦を手繰《たぐ》った。

夜は更《ふ》け、一石橋の架かる日本橋川の流れが静かに聞こえていた。

神田鍋町の通りは行き交う人で賑わっていた。

小間物屋『音羽屋』には客が訪れていた。

半兵衛、半次、音次郎は眺めた。

「よし、音次郎、お前は先に下谷の練塀小路に行き、筧小五郎がどんな奴かだ

……」

半兵衛は命じた。

「合点です」

音次郎は頷き、足早に立ち去った。

半兵衛は、半次を従えて小間物屋『音羽屋』を訪れた。


小間物屋『音羽屋』の座敷は静かだった。

半兵衛と半次は、出された茶を飲んで主の惣兵衛が来るのを待った。

「お待たせ致しました。音羽屋の主、惣兵衛にございます……」

小間物屋『音羽屋』惣兵衛が現れ、半兵衛と半次に挨拶をした。

「私は北町奉行所臨時廻り同心の白縫半兵衛、こっちは半次だ」

「はい。それで御用とは……」

惣兵衛は、緊張と怯《おび》えを滲ませた眼を半兵衛に向けた。

「うむ。それなのだがね、惣兵衛。お前さん、昨日、不忍池の畔の料理屋、若柳に行ったね」

半兵衛は笑い掛けた。

「えっ……」

惣兵衛は驚き、凍《い》て付いた。

「で、美人局に遭い、金を脅し取られた。そうだな」

「し、白縫さま……」

惣兵衛は、嗄《しゃが》れ声を引き攣《つ》らせた。

「惣兵衛、おさよって名の粋な形の女、住まいは何処か知っているのか……」

「いいえ……」

惣兵衛は、慌てて首を横に振った。

「知らないのか……」

「白縫さま、手前は、手前は美人局などに遭ってはおりません」

惣兵衛は、嗄れ声を震わせた。

「美人局に遭っていない……」

半兵衛は眉をひそめた。

「はい。手前は美人局に遭ってはおりません。おさよなんて女も知りません」

惣兵衛は、嗄れ声を振り絞った。

半兵衛は苦笑した。

人は誰しも恥は隠したい……。

それは、惣兵衛も同じなのだ。

「ですが旦那。旦那がおさよって粋な形の女と若柳に入り、続いて入った着流しの侍に金を渡しているのを見た者がいるんですぜ」
　半次は、厳しく惣兵衛を見据えた。
「た、確かに金は渡しました。ですが、その金は脅し取られたのではありませ
ん。手前から渡してやったのでして、美人局などに遭ってはおりません」
　惣兵衛は、懸命に云い繕《つくろ》った。
「惣兵衛……」
　半兵衛は眉をひそめた。
「は、はい……」
　惣兵衛は、怯えと困惑を露わにして項垂《うなだ》れた。
　恥を隠したいだけではない……。
　半兵衛の勘が囁いた。
　惣兵衛が、美人局に遭ったのを認めない裏には、何かが隠されているのかもし
れない。
　半兵衛は読んだ。
「ならば惣兵衛、着流しの侍に金は渡したが、美人局に遭って脅し取られての事
ではないのだな」

半兵衛は念を押した。

「は、はい。左様《さよう》にございます」

惣兵衛は、項垂れたまま美人局に遭ったのを否定した。

今は押す時ではない……。

半兵衛は判断した。

「そうか。そいつは造作《ぞうさ》を掛けたね……」

半兵衛は、穏やかに微笑んだ。

湯島天神の鳥居の前には、様々な露天商が店を開いていた。

七味唐辛子《しちみとうがらし》売り、飴細工《あめざいく》売り、火打鎌《ひうちがま》売り、古道具屋、野菜売り……。

「粋な形で、おさよって名前の年増なんだが、知らないかな……」

雲海坊は、顔見知りの古道具屋に尋ねた。

「おさよって名前かどうかは分からないけど、粋な形をした年増はこの前、見掛けたよ」

古道具屋は、塗りの剝《は》げた大黒像《だいこくぞう》を磨きながら告げた。

「その年増、その時、何をしていたのかな」

「そりゃあ、天神さまにお詣《まい》りして……」

古道具屋は眉をひそめた。

「お詣りしてどうしたんだい……」

「男と出て行ったよ」

「男と……」

「ああ。鳥居の前で落ち合って……」

「どんな男かな……」

「どんなって、五十歳絡《がら》みの十徳《じつとく》を着た男で、町医者か茶の宗匠《そうしよう》って感じかな……」

古道具屋は、薄笑いを浮かべた。

「町医者か茶の宗匠……」

「ああ……」

「で、二人はどっちに行った」

「本殿の方に行ったよ」

古道具屋は、参道の本殿を眺めた。

「本殿の方……」

雲海坊は、粋な形の年増が再び境内に入ったのに戸惑った。

「ああ。男坂か女坂から抜けたんじゃあないかな……」

古道具屋は読んだ。

本殿の東側には、男坂と女坂がある。

男坂や女坂を下りれば、料理屋のある不忍池は近い。

美人局なのかもしれない……。

雲海坊は睨《にら》んだ。


下谷練塀小路には物売の声が響いていた。

筧小五郎《こ》の組屋敷は、木戸門を閉めて静かだった。

「へえ。此の辺りのお屋敷の旦那や御隠居の殆《ほとん》どは、煙草《たばこ》を吸っているのかい……」

音次郎は、筧屋敷の近くで店を開いている行商の羅宇屋《らうや》に尋ねた。

「ああ……」

羅宇屋は、雁首《がんくび》と吸い口の脂《あぶら》を取り、細い竹の羅宇で繋ぎながら頷いた。

「ま、此の辺りで煙草を吸わないのは、そこの筧さまぐらいかな……」

羅宇屋は、筧屋敷を一瞥《いちべつ》した。

「へえ。筧さまは煙草を吸わないのかい……」

「ああ。昔は吸っていたんだが、御新造さまが病でね。煙草の煙りや匂いを嫌うってんでお止めになったんだぜ」

「へえ、御新造さまが病かい……」

「うん。何の病か知らないが、ずっと寝たり起きたりしているそうで、子供も出来ないって話だぜ」

「そうかい……」

筧小五郎の御新造は病だった。

病人が粋な形をして美人局が出来る筈《はず》はない……。

音次郎は読んだ。

半次が筧屋敷の前に現れ、音次郎を一瞥して斜向《はすむ》かいの路地に入って行った。

「父っつあん、邪魔をしたね」

音次郎は、羅宇屋から離れて半次の入って行った路地に進んだ。

筧屋敷の斜向かいの路地には、半兵衛と半次がいた。

「筧小五郎、屋敷にいるようだな……」

半兵衛は、筧屋敷を眺めていた。

「はい。あっしが来た時には庭の掃除をしていたんですが、今は家に……」

音次郎は告げた。

「ほう、庭の掃除ねえ……」

半兵衛は、小さな笑みを浮かべた。

それ程、剣呑《けんのん》な男じゃあなさそうだ。

半兵衛は読んだ。

「はい……」

「で、音次郎、筧小五郎の御新造さん、粋な形をした年増だったかい……」

半次は尋ねた。

「そいつが親分、筧小五郎の御新造さんですが、病で寝たり起きたりだそうですよ」

音次郎は、羅宇屋に聞いた話を告げた。

「病で寝たり起きたり……」

半次は眉をひそめた。

「はい。ですから、美人局は無理じゃあないですかねえ」

音次郎は読んだ。

「うん……」

半次は頷いた。

粋な形の年増は、半次が見た限り、病の様子も気配も感じられなかった。

「筧小五郎の御新造が粋な形の年増でないなら、粋な形の年増は何処の誰で、筧小五郎とどんな拘わりなのかだな」

半兵衛は眉をひそめた。


雲海坊は、神田明神の参道脇に店を開いている露天商に聞き込みを掛けた。

露天商たちは、時々托鉢に来ている雲海坊に構える事もなく答えた。

「粋な形をした年増ねえ……」

箒《ほうき》売りが首を捻った。

「見掛けないか……」

「ああ……」

箒売りは、申し訳なさそうに頷いた。

「雲海坊さん、私、粋な形の年増、見掛けた事があるよ」

艾売《もぐさ》りのおまちが、隣から声を掛けて来た。

「おう。おまちさん、見掛けたかい……」

「ええ。いつだったか、粋な形をした年増が私の処に絵師を見掛けなかったかって訊いて来たんですよ」

「絵師を……」

雲海坊は眉をひそめた。

「ええ。でもさ、絵師なんて云われても絵を描きながら歩いている訳じゃあないから分からないってね。そうしたら何とか春仙《しゅんせん》って絵師だって……」

「何とか春仙……」

雲海坊は眉をひそめた。

「ええ。でも、何とか春仙も分からないって云ったら行っちまいましたよ」

艾売りのおまちは苦笑した。

「じゃあ何かい。その時、粋な形の年増は絵師の何とか春仙を捜していたんだね」

「ええ……」

「そうか……」

粋な形の年増のおさよは、絵師の何とか春仙を捜していた。

何とか春仙……。

粋な形の年増のおさよは、絵師の何とか春仙に美人局を仕掛ける為に捜していたのかもしれない……。

雲海坊は読んだ。


筧屋敷の木戸門が小さく軋《きし》んだ。

半兵衛、半次、音次郎は、路地から斜向かいの筧屋敷を窺った。

着流しの侍が、筧屋敷の木戸門から出て来た。

「美人局のおさよの相棒です……」

半次は囁いた。

「うん。筧小五郎か……」

半兵衛は頷き、音次郎に訊いた。

「はい……」

音次郎は頷いた。

筧小五郎は、木戸門を閉めて出掛けた。
半兵衛、半次、音次郎は追った。

筧小五郎は、組屋敷街の辻を西に曲がって下谷広小路に向かった。
「じゃあ旦那……」
「いや。私が行くよ。半次と音次郎は、後から来な」
半兵衛は、巻羽織の裾を帯から出して黒紋付羽織を着た御家人を装った。
昨日、筧小五郎は半次の尾行を見破った。
かなりの剣の遣い手……。
半兵衛は読み、半次と音次郎を危ない目に遭わせたくなかった。
筧小五郎は、下谷広小路を進んだ。
何処に行く……。
半兵衛は、落ち着いた足取りで筧小五郎を尾行た。
絵師の何とか春仙……。
雲海坊は、神田須田町《すだちょう》の地本問屋《じほんどんや》を訪れた。

地本問屋は、絵草紙《えぞうし》や錦絵《にしきえ》などを売っており、客の娘たちが賑やかに役者絵を選んでいた。

雲海坊は、番頭に〝春仙〟と云う名の絵師がいるか尋ねた。

「ああ。きっと菱川《ひしかわ》春仙さんですよ……」

番頭は告げた。

「菱川春仙……」

雲海坊は、〝何とか春仙〟の名を知った。

「ええ。他に春仙と云う名の絵師はいませんからね」

「そうか。で、菱川春仙、どんな絵師かな」

雲海坊は尋ねた。

「美人画の得意な絵師でしてね。人気はまあまあですよ」

絵師の菱川春仙は、粋な形の年増のおさよに美人局を仕掛けられたのか……。

雲海坊は、突き止めようとした。

「その菱川春仙さん、家は何処かな……」

「根岸《ねぎし》は時雨《しぐれ》の岡、石神井用水《しゃくじいようすい》の傍ですよ」

番頭は告げた。

絵師の菱川春仙は、谷中の根岸に住んでいる。

「それで、どんな人柄なのかな。菱川春仙さん……」

「そりゃあもう、美人画を描くぐらいですからね。女には目のない、女好きですよ」

「女好きねえ……」

「ええ……」

「粋な形の年増なんかは、どうですか……」

「そりゃあもう大好物ですよ」

番頭は、好色そうな笑みを浮かべた。

絵師の菱川春仙は女好きであり、粋な形の年増の美人局には他愛《たあい》も無く引っ掛かりそうだ。

雲海坊は苦笑した。

下谷広小路から湯島天神裏の切通しを抜けると本郷《ほんごう》四丁目の通り、北《きた》ノ天神真《てんじんしん》光寺門前《こうじもんぜん》に出る。

箕小五郎は、真光寺門前町に進んだ。

半兵衛は、慎重に尾行た。

筧は、門前町の外れに進んで板塀に囲まれた家の前に立ち止まった。

半兵衛は、物陰から見守った。

筧は、板塀に囲まれた家を眺めた。

「半兵衛の旦那……」

半次と音次郎が、半兵衛の後からやって来て合流した。

「おう……」

「誰の家ですかね……」

半次は、板塀に囲まれた家を眺めた。

「うん……」

半兵衛は、佇んでいる筧を見詰めた。

筧が、板塀の木戸門の脇に寄った。

男の子を負《お》ぶった職人と女房が、板塀の木戸門から出て来た。

男の子は、脚に晒《さら》しを巻いていた。

「町医者の家ですかね」

半次は読んだ。

「ああ。どうやらそのようだな……」

半兵衛は頷いた。

寛小五郎は、町医者の家に来たのだ。

半兵衛、半次、音次郎は、寛小五郎を物陰から見守った。

寛小五郎は、辺りを窺って板塀の木戸門を潜った。

「どうします……」

半次は、半兵衛の出方を窺った。

「音次郎、腹痛でも起こすんだな……」

半兵衛は笑った。

板塀の木戸門には、『桂田清州施療院《かつらだせいしゅうせりょういん》』の看板が掛けられていた。

半兵衛は黒紋付羽織を脱ぎ、腹痛に呻《うめ》く音次郎を連れて施療院に入った。

施療院は三和土《たたき》に続いて患者の待つ部屋があり、その奥に診察室があった。

患者が待つ部屋には、寛小五郎も他の患者もいなかった。

診察室から男たちの話し声がした。

寛小五郎と町医者の桂田清州か……。

半兵衛と音次郎は、診察室の戸口の傍に座った。

「ならば清州、来月、又来る……」

嘲《あざけ》りを含んだ声がし、診察室から筧小五郎が出て来た。

音次郎は、咄嗟《とっさ》に腹を押さえて呻いた。

「大丈夫か、しっかりしろ……」

半兵衛は、音次郎の腰を撫でた。

筧小五郎は、半兵衛と音次郎を一瞥して桂田施療院から出て行った。

「旦那……」

「うん。半次と一緒に追え。私は桂田に逢う」

半兵衛は、音次郎に命じた。

「承知……」

音次郎は、駆け出して行った。

半兵衛は見送り、診察室に入った。

「邪魔をする……」

五十歳絡みの医者が、驚いたように振り返った。

町医者の桂田清州だった。

三

「桂田清州さんだね……」

半兵衛は笑い掛けた。

「お、おぬしは……」

町医者桂田清州は、警戒を露わにした。

「北町の者だが……」

半兵衛は、懐の十手《じって》を見せた。

桂田清州は、衝《つ》き上がる動揺を隠した。

「今の侍、何しに来たのだ」

「今の侍……」

桂田清州は狼狽《うろた》えた。

「ああ。腹痛や怪我をした患者じゃあないようだが、何しに来たのだ」

「いえ。あの侍は患者です。胃の腑の病の患者です」

「桂田……」

半兵衛は眉をひそめた。

「本当です。あの侍は胃の腑の病の患者です」

桂田清州は、声を震わせて懸命に告げた。

「先生、桂田先生……」

大工たちが、意識を失った若い仲間を担《かつ》ぎ込んで来た。

「此奴《こいつ》が普請場の屋根から転げ落ちて……」

大工たちは、激しく狼狽えていた。

「屋根から落ちた……」

桂田清州は、意識を失っている若い大工を慌ただしく診察し始めた。

此迄か……。

半兵衛は、詮議を続けるのを諦めた。

御家人の筧小五郎は来た道を戻った。

本郷通りを横切って湯島天神裏の切通しに進み、下谷広小路から練塀小路……。

途中、筧小五郎は薬種屋で薬、煮売屋《にうりや》で煮魚や野菜の煮物を買って組屋敷に帰った。

半次と音次郎は見届けた。

練塀小路は夕陽に照らされた。

囲炉裏《いろり》の火は燃えた。

半兵衛、半次、音次郎、雲海坊は、囲炉裏に掛けた鳥鍋を食べながら酒を呑んだ。

「そうか。筧小五郎、薬や晩飯の惣菜を買って帰ったか……」

半兵衛は、半次と音次郎に念を押した。

「はい……」

半次は頷いた。

筧小五郎は、病の妻を守って毎日の暮らしを送っている。

その穏やかな暮らし振りからは、美人局で他人を脅すような悪辣《あくらつ》さは窺えない。

半兵衛は、微かな戸惑いを抱いた。

「で、桂田清州の方は如何《いかが》でした」

「そいつが、筧が何しに来たのだと尋ねたら、狼狽え怯えるだけで、云わないんだな」

半兵衛は苦笑した。

「へえ、云わないのですか……」

「うむ。おそらく桂田清州、筧について何か云えば、己に跳ね返ると恐れているのかもしれないな」

半兵衛は、酒を飲んだ。

「何かが己に跳ね返りますか……」

半次は眉をひそめた。

「うむ……」

半兵衛は頷いた。

「旦那……」

雲海坊は、鳥鍋を食べていた箸を置いた。

「うん……」

「粋な形の年増のおさよですが、以前、湯島天神で五十絡みで十徳を着た男と鳥居前で落ち合い、不忍池の方に行ったとか……」

雲海坊は告げた。

「五十絡みで十徳を着た男か……」

「はい。十徳から見て町医者か茶の宗匠と思っていたのですが、こいつはひょっとしたら桂田清州かもしれませんね」

雲海坊は睨み、

「うむ。町医者の桂田清州、おさよに美人局を仕掛けられ、筧小五郎に脅されたか……」

半兵衛は読んだ。

「ええ。違いますかね……」

「いや。雲海坊の睨み通りだろうな……」

半兵衛は頷いた。

「じゃあ、筧小五郎は何しに桂田清州の処に行ったんですかね……」

半次は首を捻った。

「分からないのは、そこだな……」

「それにしても桂田清州、どうして美人局に遭って酷《ひど》い目にあったと、お上に訴え出ないんですかね」

音次郎は、手酌で酒を飲んだ。

「うむ。その辺は美人局に遭った小間物屋音羽屋の惣兵衛と同じだな……」

半兵衛は、小間物屋『音羽屋』の惣兵衛の怯えと困惑を思い出した。

「何《いず》れにしろ美人局の裏には、何かが隠されているのかもしれない」

半兵衛は読んだ。

「美人局には裏があり、己《よ》に跳ね返る何かがありますか……」

半次は、厳しさを過ぎらせた。

「きっとな……」

「それから旦那。おさよは菱川春仙って絵師とも何か拘わりがありそうですぜ」

雲海坊は報せた。

「絵師の菱川春仙……」

半兵衛は眉をひそめた。

囲炉裏に焼《く》べられた薪《まき》が爆《は》ぜ、火花が飛び散った。


根岸の里は、東叡山寛永寺の北にあって幽趣《ゆうしゅ》があり、文人墨客《ぶんじんぼっかく》に好まれていた。

半兵衛は、雲海坊と谷中天王寺《てんのうじ》の東側から根岸に入り、水鶏《くいな》の鳴き声が響く石神井用水沿いの小道を時雨の岡に向かった。
絵師の菱川春仙は、時雨の岡の下を流れる石神井用水の傍にある家に住んでいる。
半兵衛と雲海坊は、地本問屋の番頭に聞いた絵師の菱川春仙の家に向かっていた。
石神井用水の流れの南側に、古い松と不動尊《ふどうそん》の草堂《そうどう》が見えた。
時雨の岡だ……。
その時雨の岡と石神井用水を挟んで向かい合う処に、絵師の菱川春仙の家はある筈だ。
半兵衛と雲海坊は、石神井用水を挟んで時雨の岡に臨む家に向かった。
半兵衛と雲海坊は、庭先から絵師の菱川春仙の家を訪れた。
「どうぞ……」
春仙の女房は、広い縁側に腰掛けた半兵衛と雲海坊に茶を差し出した。
「造作を掛けるね……」
半兵衛と雲海坊は、茶を飲んだ。

「お待たせしました……」

絵師の菱川春仙が、奥から出て来て広い縁側に座った。

春仙の女房は、代わって奥に入って行った。

「忙しい処を済まないね」

「いえ。して何か……」

春仙は、女房を気にして声を潜めた。

「うん。お前さん、粋な形をしたおさよって年増を知っているね」

半兵衛は、いきなり問い質《ただ》した。

「えっ……」

春仙は、不意の質問に狼狽えた。

「下手《へた》な隠し立ては身の為にならぬ。知っているな」

半兵衛は、厳しく畳み掛けた。

「は、はい……」

春仙は、怯えを滲ませて頷いた。

「うむ。して春仙、お前はおさよに美人局を仕掛けられて、現れた侍に金を脅し取られた。そうだな」

半兵衛は決め付けた。

「えっ。いいえ、旦那、私はおさよさんを絵に描かせて貰っただけです」

春仙は、思わぬ事を云い出した。

「おさよの絵を描いただと……」

半兵衛は眉をひそめた。

「ええ。描いた絵をお見せしますが……」

「ああ。見せて貰おう……」

「では、ちょいとお待ちを……」

春仙は、奥に入って行った。

「旦那……」

雲海坊は眉をひそめた。

「ああ。流石《さすが》は絵師だ。おさよの絵を描いたとは、上手《うま》い手を考えたもんだ」

半兵衛は苦笑した。

「お待たせしました。此の絵です……」

春仙は、一枚の絵を差し出した。

絵には、粋な着物を着た年増が科を作って微笑んでいた。

「此の女がおさよか……」

絵に描かれた女は、細面《ほそおもて》で目鼻立ちのはっきりした顔だった。

半兵衛は、粋な形をしたおさよと云う年増の顔を初めて見た。

「左様、中々の美形ですよ」

春仙は、小さな笑みを浮べた。

半兵衛は、春仙の笑みに微かな狡猾さを感じた。

「それで、絵に描かせてくれた礼金をお侍に渡しましたよ……」

春仙は告げた。

「成る程、金は絵に描かせて貰った礼金か……」

半兵衛は苦笑した。

「はい。それだけですが、旦那、おさよさんが美人局を働いたんですか……」

春仙は、逆に半兵衛に尋ねた。

「ああ。それで、美人局を仕掛けられて脅された者を捜しているのだが。そうか、お前さんは絵を描かせて貰って礼金を払っただけなんだな……」

「はい。左様にございます」

「そうか。いや、良く分かった。何しろ美人局を仕掛けられた者たちにいろいろあってね」

「えっ……」

　春仙は、微かな緊張を滲ませた。

「いや。邪魔をしたね。此の絵は暫《しばら》く借りておくよ。じゃあ……」

　半兵衛は、おさよの絵を持って縁側から立ち上がり、雲海坊と垣根に囲まれた庭から出て行った。

　春仙は見送った。

　美人局を仕掛けられた者たちにいろいろあってね……。

　春仙は、半兵衛の言葉を思い出し、満面に厳しさを浮かべた。


　薬湯の匂いが微かに漂った。

　半次は、路地の斜向かいにある筧屋敷を眺めた。

「薬湯の匂いですか……」

　音次郎は眉をひそめた。

「ああ。風向きで筧屋敷から漂って来るな」

　半次は頷いた。

「筧小五郎の御新造さんの薬ですか……」

「きっとな……」

木戸門の開く軋《きし》みが鳴った。

半次と音次郎は、筧屋敷を見詰めた。

筧小五郎が着流し姿で現れ、木戸門を閉めて練塀小路を南に向かった。

「親分……」

「ああ。行くぜ」

半次と音次郎は、充分な距離を取って慎重に尾行を開始した。


神田川には荷船が行き交っていた。

筧小五郎は、神田川に架かっている昌平橋を渡って神田八ツ小路に出た。

半次と音次郎は、続いて昌平橋を渡った。

筧小五郎は、多くの人が行き交っている八ツ小路を日本橋に続く通りに向かった。

何処に行く……。

半次と音次郎は追った。

箟小五郎は、日本橋に続く通りの手前の道を西に曲がった。そして、神田須田町二丁目を抜けて神田連雀町《れんじゃくちょう》に進んだ。

連雀町か……。

半次の勘は、箟小五郎の行き先が近いと告げた。

箟小五郎は、連雀町の裏通りに進んで小さな白粉屋《おしろいや》『紅《べに》や』に入った。

半次と音次郎は見届けた。

「白粉屋ですか……」

音次郎は、戸惑いを浮かべた。

「ああ……」

半次は、白粉屋『紅や』の店内を窺った。

店内には、紅、白粉、眉墨《まゆずみ》、化粧水などの化粧品だけが並べられ、櫛《くし》、笄《こうがい》、簪《かんざし》、鏡などの細々とした品物はなかった。

白粉は『仙女香《せんじょこう》』や『白牡丹《しろぼたん》』、紅は『玉屋』や『紅勘《べにかん》』などが売れ筋とされていた。

白粉屋『紅や』に客はいなく、店の者や箟小五郎の姿も見えなかった。

「箟小五郎、奥にあがったようですね」

音次郎は眉をひそめた。

「ああ。よし、音次郎、見張りを頼む。俺はちょいと木戸番に聞いて来るよ」

「合点です」

音次郎は半次を見送り、白粉屋『紅や』の見える物陰に入った。

白粉屋『紅や』は、静けさに満ちていた。


「ああ。裏通りの紅やですかい……」

連雀町の木戸番は、半次に茶を差し出した。

「うん。どんな店なんだい……」

半次は訊いた。

「どんなって、紅や白粉だけを売っている店でしてね。お客は若い娘ばかりで、女将《おかみ》さんが化粧の仕方を教えたり、いろいろ化粧の相談に乗っているそうですよ」

木戸番は笑った。

「その女将さん、名前は何て云うのかな……」

「おさよさんですよ」

「おさよ……」

「ええ……」

「おさよさん、粋な形をした年増かな」

「粋な形と云うか、白粉屋ですからね、いつも小綺麗にしていますよ」

「そうですかい……」

白粉屋『紅や』の女将おさよは、粋な形の年増に間違いない。

半次は、漸《ようや》く粋な形のおさよと云う名の年増に辿《たど》り着いた。

「で、女将さん、家族は……」


時雨の岡に水鶏の鳴き声が響いた。

絵師の菱川春仙は、石神井用水沿いの小道に現れた。そして、辺りを警戒して石神井用水沿いの道を天王寺に向かった。

時雨の岡の不動尊の草堂の陰から、半兵衛と雲海坊が現れた。

「旦那の睨み通り、動き出しましたね」

「さあて、何処に何しに行くのやら……」

半兵衛と雲海坊は、絵師の菱川春仙を追った。

石神井用水は陽差しに煌めいた。

「紅やの女将、やっぱりおさよですか……」

音次郎は眉をひそめた。

「ああ。おさよに家族はいなく、一人暮らしだそうだ……」

半次は、白粉屋『紅や』を見ながら告げた。

「へえ。一人暮らしですか……」

「うん。音次郎……」

半次は緊張した。

白粉屋『紅や』の店内に人影が現れた。

半次と音次郎は見守った。

人影は、筧小五郎と前掛をした年増だった。

女将のおさよ……。

半次と音次郎は見定めた。

「ではな……」

筧小五郎は、女将のおさよに見送られて八ツ小路に向かった。

「あっしが追います」

音次郎は意気込んだ。

「うん。気を付けてな。決して無理はするな」

半次は、云い聞かせた。

「承知……」

音次郎は、筧小五郎を追った。

半次は、筧小五郎を見送るおさよを窺った。

おさよは、目鼻立ちのはっきりした顔であり、薄桃色の前掛が良く似合っていた。

此で粋な形をして微笑み掛けられたら、美人局にも引っ掛かるか……。

半次は苦笑した。

おさよは、店内に戻った。

筧小五郎は何しに来たのか……。

おさよに動きはあるのか……。

半次は、白粉屋『紅や』の女将おさよを詳しく調べる事にした。

神田鍋町の小間物屋『音羽屋』は、女客で賑わっていた。

絵師の菱川春仙は、小間物屋『音羽屋』を訪れた。

半兵衛と雲海坊は見届けた。

「何が絵に描かせて貰った礼金だ。美人局に引っ掛かった者同士、何を談合するのやら……」

雲海坊は嘲りを浮かべた。

「おそらく、美人局の裏に隠されている事だろうな……」

半兵衛は読んだ。

「じゃあ何ですか、おさよと筧小五郎の美人局は、音羽屋の惣兵衛、絵師の菱川春仙、町医者の桂田清州の三人を狙って仕掛けられたんですか……」

雲海坊は眉をひそめた。

「ああ。惣兵衛、菱川春仙、桂田清州の三人にどんな繋がりがあり、おさよと筧小五郎にどんな拘わりがあるのか……」

半兵衛は想いを巡らせた。

小間物屋『音羽屋』惣兵衛、絵師の菱川春仙、町医者の桂田清州の三人が隠している事は昔にある……。

半兵衛は睨み、小間物屋『音羽屋』の見張りを雲海坊に任せ、惣兵衛の過去を調べる事にした。

四

半兵衛は、神田鍋町の自身番《じしんばん》を訪れて家主《いえぬし》や店番《たなばん》に小間物屋『音羽屋』について尋ねた。

「ああ。音羽屋ですか……」

家主と店番は、小間物屋『音羽屋』の内情を知っていた。

五年前、小間物屋『音羽屋』は借金が重なって潰《つぶ》れ掛けた。だが、何とか借金を返して持ち直していた。

惣兵衛はどうやって借金を返したのか……。

半兵衛は眉をひそめた。

「ああ、それなら音羽屋の亡くなった先代が好事家《こうずか》でしてね。集めていた書画骨《しょがこつ》董《とう》を売り捌《さば》いて金を作ったそうですよ」

　家主は苦笑した。

「ほう。借金が幾らか知らないが、返せる程の書画骨董があったとは、大したものだね」

　半兵衛は感心した。

「ええ。噂ですが、宮本武蔵《みやもとむさし》や一休禅師《いっきゅうぜんじ》などの絵があり、好事家が飛び付き、高値で買ったそうですよ」

「宮本武蔵や一休禅師の絵ねえ。して誰が買ったかは……」

「さあ、そこ迄は……」

　家主と店番は、知らぬと首を横に振った。

「分からぬか……」

「ええ。その辺の処は青蛾堂《せいがどう》の旦那が知っているかもしれません……」

「青蛾堂の旦那……」

「ええ。浜町河岸《はまちょうがし》は元浜町《もとはまちょう》にある骨董屋青蛾堂の旦那の道悦《どうえつ》さんで、書画骨董の目利《めき》きだそうですよ」

　家主は告げた。

「書画骨董の目利きか……」

「はい……」

「元浜町は骨董屋青蛾堂の旦那の道悦だな……」

半兵衛は念を押した。

筧小五郎は、下谷練塀小路の己の屋敷に戻った。

音次郎は見届けた。


神田連雀町の白粉屋『紅や』は、若い娘客たちで賑わっていた。

女将のおさよは、娘客たちに似合う白粉や紅を選んでやり、化粧の仕方を教えたりしていた。

半次は見守った。

おさよは、四年前迄は扇屋《おうぎや》の嫁であり、舅姑《しゅうとしゅうとめ》と夫を食中《しょくあた》りで亡くした。

その後、扇屋は潰れ、おさよは連雀町に白粉屋『紅や』を開いた。

半次は、四年前におさよの夫や舅姑が食中りで死んだのが気になった。

白粉屋『紅や』は賑わい、女将のおさよは娘客を相手に楽しげに働いていた。

絵師の菱川春仙と惣兵衛が、小間物屋『音羽屋』から出て来た。

雲海坊は見守った。

菱川春仙と惣兵衛は、神田八ツ小路に向かった。

二人揃って何処に行くのだ……。

雲海坊は追った。

屋根船は、櫓《ろ》を軋ませながら浜町堀《はまちようぼり》を大川《おおかわ》に向かって行った。

半兵衛は、元浜町の骨董屋『青蛾堂』を訪れた。

『青蛾堂』の店内には様々な骨董品が並び、奥の帳場に小柄な老人が座っていた。

「これは旦那、おいでなさい……」

小柄な老人は、半兵衛の巻羽織を見て何者か判断した。

「邪魔するよ。目利きの道悦はいるかな……」

半兵衛は、小柄な老人に尋ねた。

「道悦は手前ですが……」

小柄な老人が、骨董屋『青蛾堂』主の道悦だった。

「そいつは失礼した。私は北町奉行所の白縫半兵衛。ちょいと聞きたい事があるんだがね」

半兵衛は微笑んだ。

「まあ、どうぞ……」

道悦は半兵衛に框《かまち》を勧め、火鉢に掛けた鉄瓶《てつびん》の湯で茶を淹《い》れ始めた。

半兵衛は、框に腰掛けた。

道悦は、丁寧に茶を淹れて半兵衛に差し出した。

「どうぞ……」

「造作を掛けるね」

「いいえ。で、手前に聞きたい事とは……」

「そいつなんだがね。五年前に神田鍋町の小間物屋音羽屋が宮本武蔵や一休禅師の絵を売りに出したのは知っているかな」

半兵衛は茶を飲んだ。

「それはもう……」

道悦は頷いた。

「して、その宮本武蔵と一休禅師の絵、何処の誰が買ったのかな……」

「あれは確か、室町《むろまち》一丁目の扇屋の大旦那が買いましたよ」

「ほう。室町一丁目の扇屋の大旦那だね」

「はい。ですが四年前、大旦那とお内儀さん、それに若旦那の三人が食中りで亡くなりましてね」

「食中りで亡くなった……」

半兵衛は眉をひそめた。

「ええ。お気の毒に……」

「して道悦、その宮本武蔵と一休禅師の絵だが、本物に間違いないのかな……」

半兵衛は、道悦を見据えた。

「旦那、宮本武蔵と一休禅師の本物の絵、手前も見た事がありませんでしてね……」

「じゃあ……」

「本物か贋物《にせもの》かは分からない。ですが、一つだけはっきりしているのは、音羽屋の亡くなった先代は、手前の知る限り、好事家じゃあなかったって事ですよ」

道悦は、意味ありげに笑った。

「先代は好事家じゃあなかった……」

半兵衛は、思わず訊き返した。

「はい……」

「だが、音羽屋の惣兵衛は、亡くなった先代が持っていたと……」

「旦那……」

道悦は苦笑した。

小間物屋『音羽屋』の先代が好事家でないなら、宮本武蔵と一休禅師の本物の絵など持っている筈《はず》などない。それが、持っていたとなると贋物と云える。

道悦は、惣兵衛が売った宮本武蔵や一休禅師の絵は贋作《がんさく》だと告げたのだ。

「そして、買った扇屋の大旦那とお内儀、若旦那が食中りで死んだか……」

「はい。家族で助かったのは、偶々《たまたま》、出掛けていた若旦那のお内儀だけだったとか……」

「若旦那のお内儀、名は何と云うのかな」

「さあ、そこ迄は……」

「そうか……」

半兵衛は頷いた。

不忍池に夕陽が映《は》えた。
小間物屋『音羽屋』惣兵衛と絵師の菱川春仙は、不忍池の畔にある料理屋に入った。
雲海坊は見張った。
二人揃って来たのは、誰かと逢うつもりなのかもしれない。
雲海坊は読んだ。
僅《わず》かな刻が過ぎた。
十徳を着た五十歳絡みの男が、不忍池の畔を足早にやって来て料理屋に入って行った。
町医者の桂田清州か……。
雲海坊は睨んだ。
惣兵衛、菱川春仙、桂田清州……。
粋な形の年増おさよと御家人筧小五郎に美人局を仕掛けられた三人が集まった。
半兵衛の睨み通り、美人局には三人に跳ね返る事が秘められているのかもしれない。

雲海坊は、微かな緊張を覚えた。

夕暮れと共に吹き始めた風は、木々の梢《こずえ》を揺らした。

粋な形の年増おさよは、白粉屋『紅や』の女将であり、食中りで死んだ扇屋の若旦那のお内儀なのだ。

半兵衛は、半次の聞き込んで来た事と突き合わせて見定めた。

「それで旦那。五年前、音羽屋惣兵衛は宮本武蔵と一休禅師の贋作を扇屋の大旦那に売ったんですか……」

半次は尋ねた。

「うん。そして四年前、宮本武蔵と一休禅師の贋作を買った扇屋の大旦那夫婦と若旦那は食中りで急死し、出掛けていた若旦那の内儀のおさよは生き残った……」

半兵衛は読んだ。

「で、菱川春仙が惣兵衛を訪れ、夕暮れ時に不忍池の料理屋に行き、町医者の桂田清州と落ち合った……」

雲海坊は告げた。

「美人局を仕掛けられた三人、やはり繋がっていたな」

「はい。旦那の睨み通り、美人局には三人に都合の悪い事がありそうですね」

「うむ……」

「じゃあ、菱川春仙が宮本武蔵や一休禅師の贋の絵を描いたのかもしれませんね」

音次郎は睨んだ。

「おそらくな……」

「旦那、扇屋の大旦那夫婦と若旦那の食中り、ひょっとしたら町医者の桂田清州が拘わりがあるのかも……」

半次は読んだ。

「うむ。それで三人がおさよと筧小五郎に美人局に仕掛けられたか……」

「はい。そして、脅されているのかも……」

半次は頷いた。

「もし、そうだったら音羽屋惣兵衛、菱川春仙、桂田清州、どう出るかな……」

半兵衛は、厳しさを滲ませた。

「まさか……」

半次は眉をひそめた。

雲海坊と音次郎は、緊張を浮かべた。

「よし……」

半兵衛は、立ち上がった。


神田連雀町には、夜廻りの木戸番の打つ拍子木《ひょうしぎ》の音が甲高《かんだか》く響いていた。

白粉屋『紅や』は、雨戸を閉めて寝静まっていた。

三人の浪人が暗がりから現れ、白粉屋『紅や』の前に佇んだ。

「松木《まつき》……」

痩せた浪人は、髭面の浪人の松木を見た。

「ああ、三浦《みうら》、やってくれ」

「うん……」

三浦と呼ばれた痩せた浪人が、懐から道具を出して白粉屋『紅や』の潜《くぐ》り戸《ど》の猿《さる》を外して松木を振り返った。

「よし。秋田《あきた》、行くぞ……」

松木は、残る浪人に告げた。

「おう……」

秋田と呼ばれた浪人は身構えた。

三浦は、潜り戸を音もなく開けて店内に忍び込んだ。

秋田が続こうとした時、店内から三浦が突き飛ばされて転がり出て来た。

秋田は三浦にぶつかり、縺《もつ》れ合って倒れた。

松木は驚き、身構えた。

筧小五郎が、潜り戸から現れた。

「て、手前……」

松木は狼狽えた。

「どう見ても、白粉屋の客には見えぬな……」

筧は冷たく笑った。

「お、おのれ……」

松木は刀を抜いた。

三浦と秋田は、松木に倣《なら》って刀を抜いた。

筧は、冷笑を浮かべたまま刀を抜き払った。

三浦と秋田は、猛然と筧に斬り掛かった。

筧は、刀を閃《ひらめ》かせた。

閃光《せんこう》が走り、血が飛んだ。

三浦と秋田は、刀を握る腕を斬られて後退《あとずさ》りし、身を翻《ひるがえ》して逃げた。

筧の鮮やかな刀捌《かたなさば》きだった。

松木は狼狽え、構えた刀の鋒《きつさき》を揺らした。

刹那、筧は鋭く踏み込んで刀を一閃《いつせん》した。

松木は、太股《ふともも》を斬られて蹲《うずくま》った。

「音羽屋惣兵衛たちに金で頼まれたか……」

筧は、松木に刀を突き付けた。

「ああ……」

松木は、恐怖に喉《のど》を引き攣らせた。

「やはりな……」

筧は、蹲った松木の頭上に刀を振り上げた。

「そこ迄だよ……」

半兵衛が現れた。

筧は、半兵衛に向かって刀を構えた。

「筧小五郎さん、そいつは音羽屋惣兵衛が紅やのおさよを殺せと命じた生き証人だ。殺してはならない……」

半兵衛は告げた。

「おぬしは……」

「北町奉行所臨時廻り同心白縫半兵衛……」

「白縫半兵衛どのか……」

筧は苦笑し、刀を引いた。

白粉屋『紅や』の戸口には、女将のおさよが心配そうな面持《おもも》ちで佇んでいた。

暗がりから半次が現れた。

「旦那、逃げた二人はお縄にしました」

「うむ。御苦労ついでに此奴《こいつ》も頼むよ」

「はい……」

半次は、松木に素早く縄を打った。

「筧さん、おさよ、此度《このたび》の一件、扇屋の大旦那夫婦と若旦那の仇討《あだうち》かな……」

筧とおさよは、驚いたように半兵衛を見詰めた。

「小間物屋音羽屋惣兵衛は借金の返済に困り、絵師の菱川春仙に宮本武蔵と一休禅師の絵の贋作を作らせ、扇屋の大旦那を騙《だま》して売った。そして、贋作と気付かれそうになったので町医者の桂田清州に毒を仕込んだ菓子でも作らせて扇屋に贈った……」

「白縫どの……」

筧とおさよは、半兵衛が何もかも知っているのに困惑を浮かべた。

「扇屋の大旦那夫婦と若旦那は、清州が仕込んだ毒入りの何かを食べて死に、食中りとされた。で、残された若旦那のお内儀おさよは、宮本武蔵と一休禅師の絵が贋作だと気付き、惣兵衛たちを調べ始めた。そう云う事かな……」

半兵衛は、おさよに微笑み掛けた。

「白縫どの、此度の一件を企《くわだ》てたのは私だ……」

筧は告げた。

庇《かば》っている……。

半兵衛は、筧がおさよを庇っていると睨んだ。

「筧さん、おぬし、おさよとはどのような拘わりですか……」

半兵衛は尋ねた。

「おさよは我が妻の妹です……」

御家人筧小五郎と白粉屋『紅や』のおさよは、義理の兄妹だった。

「成る程、そう云う事ですか……」

半兵衛は頷いた。

「白縫どの。今夜のおさよの命を狙っての刺客《しかく》。どうやら、四年前の扇屋の食中りの真相は睨み通りのようだ」

筧は笑った。

「ええ。後は任せて貰います」

半兵衛は告げた。

「義兄上《あにうえ》さま……」

おさよは、筧に緊張した眼を向けた。

「おさよ、此処《ここ》は白縫どのにお任せしてみよう……」

「でも……」

「もし、お前の願いが叶わぬ時は、私が始末をする」

筧は、おさよに云い聞かせた。

「は、はい……」

おさよは、悔しげに退き下がった。

「白縫どの、訊いての通りだ」

「分かりました……」

半兵衛は、不敵な笑みを浮かべた。


翌日。

半兵衛は半次、音次郎、雲海坊と、小間物屋『音羽屋』惣兵衛、絵師の菱川春仙、町医者の桂田清州を一挙にお縄にして大番屋に叩き込んだ。

大番屋の詮議場は冷気に満ちていた。

半兵衛は、絵師の菱川春仙を詮議場に引き据えた。

「春仙、惣兵衛はお前が宮本武蔵と一休禅師の絵の贋作を作り、好事家の扇屋の大旦那を騙し、高値で売り付けようと云い出したと証言している……」

半兵衛は、惣兵衛が春仙を企みの張本人にしようとしていると告げた。

「違う。違います。贋作は惣兵衛に頼まれて作ったのです。何もかも惣兵衛が企んだ事なのです」

春仙は、必死に叫んだ。

半兵衛は、続いて町医者の桂田清州を詮議場に呼んだ。

「清州、惣兵衛は扇屋の大旦那たちに贋作だと騒ぎ立てられる前に毒を盛れとお前に勧められたと云っているが、まことかな……」

半兵衛は、扇屋の大旦那たちに毒を盛った罪を擦《なす》り付けようとしていると教えた。

「違います。私は惣兵衛に頼まれて菓子に毒を、石見銀山《いわみぎんざん》を仕込んだだけです。そいつを扇屋に贈ったのは、惣兵衛なんです。本当です、私は惣兵衛に頼まれただけなんです」

清州は、泣きながら訴えた。

小間物屋『音羽屋』惣兵衛は、座敷の框に腰掛けている半兵衛を不安げに見上げた。

「惣兵衛、松木たち浪人は、白粉屋紅やのおさよを襲ったのは、お前に金で頼まれたからだと云っている……」

「白縫さま、おさよは美人局を働く莫連女《ばくれんおんな》です。そのおさよが脅して来たので……」

惣兵衛は、必死に云い繕った。

「黙れ、惣兵衛……」

半兵衛は遮《さえぎ》った。

惣兵衛は、恐怖に喉を震わせた。

「お前は五年前、博奕《ばくち》で作った借金の返済に困り、悪事を企んだ……」

半兵衛は、惣兵衛を厳しく見据えた。

惣兵衛は、恐怖に衝き上げられた。

「絵師の菱川春仙と町医者の桂田清州は、お前に頼まれて宮本武蔵や一休禅師の贋作を作り、お前に頼まれて菓子に石見銀山を仕込んだと証言している。五年前、お前は扇屋の大旦那を騙して贋作を高値で売り付け、四年前に気付かれそうになったので毒を盛った。そうだな……」

惣兵衛は項垂れ、激しく震えだした。

粋な形の年増の美人局には、宮本武蔵や一休禅師の絵の贋作や扇屋の大旦那夫婦と若旦那殺しが秘められていた。

半兵衛は、小間物屋『音羽屋』惣兵衛、絵師の菱川春仙、町医者の桂田清州を騙《かた》りと殺しの罪で裁きに掛けた。


神田連雀町の白粉屋『紅や』は、女客で賑わっていた。

女将のおさよは、女客を相手に笑みを振り撒《ま》いて忙しく働いていた。


下谷練塀小路の組屋敷街には、赤ん坊の泣き声が響いていた。

御家人筧小五郎は、病の妻の世話をしながら庭掃除や買い物などに精を出していた。


「おさよさんと筧小五郎さんの美人局は、知らん顔ですか……」

音次郎は眉をひそめた。

「音次郎、二人の美人局は贋作や扇屋の大旦那夫婦や若旦那殺しの真相を突き止め、仇《かたき》を討つ為のものだからな……」

半次は、半兵衛の腹の内を読んだ。

「うむ。世の中には、私たちが知らん顔をした方が良い事もある。もし、そうなら騒ぎ立てずに、とことん知らん顔をする迄だ」

半兵衛は笑った。

「ですが旦那、おさよさんと筧さんが又、美人局をしたら……」

音次郎は心配した。

「音次郎、知らん顔をしたのが失敗だった時は、己に人を見る眼がなかったのを恥じ、潔《いさぎよ》く腹を切るだけだ……」

半兵衛は、屈託《くったく》なく云い放った。

第二話　長い一日

一

月番《つきばん》は北町奉行所だった。

北町奉行所臨時廻り同心の白縫半兵衛は、岡っ引の本湊の半次と下っ引の音次郎を伴って外濠《そとぼり》に架かっている呉服橋御門《ごふくばしごもん》に差し掛かった。

呉服橋御門を渡ると北町奉行所がある。

半兵衛は、呉服橋御門を渡ろうとして立ち止まった。

「旦那……」

音次郎は、半兵衛に怪訝《けげん》な眼を向けた。

「隠れろ……」

半兵衛は、素早く物陰に隠れた。

半次と音次郎が慌てて続いた。

定町廻り同心の風間鉄之助《かざまてつのすけ》が、捕り方たちを率いて呉服橋御門を猛然と駆け渡って行った。

半兵衛、半次、音次郎は、物陰から見送った。

風間と捕り方たちは、日本橋川沿いの道を日本橋に走り去った。

「何かあったようですね」

半次は読んだ。

「うむ。巻き込まれては面倒だ。同心詰所に顔を出して直ぐに見廻りに行くよ」

半兵衛は、半次や音次郎と呉服橋御門を渡った。

半兵衛は、半次と音次郎を北町奉行所表門脇の腰掛に待たせ、同心詰所に向かった。

「おはよう……」

半兵衛は、同心詰所に入って当番同心に声を掛けた。

「遅いぞ、半兵衛……」

吟味方与力大久保忠左衛門《ぎんみかたよりきおおくぼちゅうざえもん》の金切り声が響いた。

「こ、此《これ》は大久保さま……」

半兵衛は、吟味与力の忠左衛門が同心詰所にいるのに戸惑った。

「日本橋は小舟町《こぶなちょう》の自身番に立て籠もった慮外者《りょがいもの》がいる」

忠左衛門は、筋張った首を伸ばして嗄れ声を震わせた。

「自身番に立て籠もった……」

半兵衛は驚いた。

「左様。取り敢えず風間鉄之助を走らせたが、何分にも風間鉄之助では心もとない。半兵衛、おぬしが行って采配《さいはい》を振るい、早々に一件を落着させるのだ」

忠左衛門は命じた。

「は、はい……」

半兵衛は頷いた。

半兵衛は、半次と音次郎を従えて日本橋小舟町に急いだ。

小舟町の自身番に立て籠もり……。

半次と音次郎は、半兵衛の言葉に仰天しながら小舟町に走った。

日本橋小舟町は西堀留川《にしほりどめがわ》の東岸にあり、四つ角にある自身番の周囲には野次馬が集まっていた。

捕り方たちは自身番の周囲を固め、向かい側の木戸番屋には風間鉄之助が町《ちよう》役人《やくにん》たちといた。

半兵衛は、半次や音次郎と野次馬を掻き分け、捕り方に声を掛けて木戸番屋に入った。


「は、半兵衛さん……」

風間は、喜びを露わにした。

「おう。御苦労だね。どうなっているんだ風間……」

半兵衛は、集まっている町役人たちに声を掛けて風間に訊いた。

「そいつが、立て籠もったままでしてね」

風間は、向かい側の自身番を示した。

自身番の腰高障子は閉められており、一枚には〝自身番〟、もう一枚には〝小舟町〟と書かれていた。そして、左三尺の板壁には町内の火消道具の纏《まとい》、提灯《ちん》、鳶口《とびぐち》があり、右側の駒繋《こまつな》ぎの柵《さく》の前には突棒《つくぼう》、刺股《さすまた》、袖搦《そでがらみ》の捕物三道具が並んでいた。

「で、家主の彦六《ひころく》と店番の利助《りすけ》の二人が奥の板の間に押し込められ、我々が踏み込めば油を撒いて火を付けると……」

風間は、腹立たしげに吐き棄《す》てた。

自身番は、三畳の畳の間と奥の三畳の板の間があるだけで狭く、本来は家主が二人、店番が二人、番人一人の五人詰だが、略して三人詰が殆どだ。

小舟町の自身番は、家主一人、店番一人、番人の三人詰であり、火を放たれればひとたまりもない。

「して、立て籠もっているのはどんな奴なんだい……」

「番人の善吉《ぜんきち》の話では若い職人一人だそうです」

「若い職人一人……」

「はい……」

「で、番人の善吉は逃げ出したのか……」

「いえ。立て籠もった若い職人が町奉行所に報《しら》せろと、放免したそうです」

「町奉行所に報せろだと……」

半兵衛は眉をひそめた。

「はい……」

「して、番人の善吉は……」

「は、はい……」

町役人たちの背後から、初老の番人の善吉が出て来た。

「手前が善吉にございます」

「おう。善吉、若い職人はお前に町奉行所に報せろと命じたのか……」

「はい。町奉行所に報せ、同心の旦那を呼んで来いと……」

「同心を呼んで来いだと……」

立て籠もっている若い職人は、町奉行所の同心に用があるのだ。

半兵衛は読んだ。

「はい。それで月番の北の御番所に……」

「そうか、御苦労だったね。して風間、若い職人に何か用があるのか訊いたのか……」

「いいえ。未だ……」

風間は狼狽えた。

「そうか。よし、ならば私が行こう……」

半兵衛は告げた。

半兵衛は、笑みを浮かべて木戸番屋を出た。

「相手は若い職人一人だ。大丈夫だろう」

半次と音次郎は心配した。

「旦那……」


自身番の周囲は、捕り方たちが野次馬たちを押し下げて閑散としていた。

半兵衛は、腰高障子を閉めた自身番の前に佇んだ。

「私は北町奉行所臨時廻り同心の白縫半兵衛だ。何か用があるそうだな……」

半兵衛は、自身番に向かって告げた。

自身番の腰高障子が僅《わず》かに開き、若い職人が緊張した顔を覗かせた。

「おう……」

半兵衛は笑い掛け、腰高障子の外の上がり框に腰掛けた。

油の臭いが鼻を突いた。

「北町の白縫の旦那ですか……」

若い職人は、怯えたように辺りを窺って半兵衛に尋ねた。

「そうだ。お前は……」

「弥七《やしち》です……」

「そうか、弥七か……」

「し、白縫の旦那、云っておきますが、家主と店番は板の間の鐶《わ》に繋いで、傍に油を置いてあります。もし、あっしを捕まえようとすれば、油に火を付けます」

弥七は、嗄れ声を震わせて火鉢で真っ赤に熾《お》きている炭を示した。

「そうだってな……」

半兵衛は、落ち着いていた。

「して弥七。お前、私たちにどんな用があるんだい」

「白縫の旦那、五日前に小舟町の裏通りの路地奥に住んでいる錺職《かざりしょく》の左平《さへい》の親方が斬り殺され、娘のおきよちゃんが行方知れずになりました……」

「うん。その一件なら聞いているが……」

半兵衛は、事件を知っていた。だが、扱いは定町廻り同心の風間鉄之助だった。

「左平の親方を殺し、おきよちゃんを連れ去ったのは、浜町河岸にある大名屋敷の奴らかもしれないんです……」

浜町河岸には、大名家の江戸上屋敷や中屋敷が幾つか並んでいる。

「大名屋敷の奴ら……」

半兵衛は眉をひそめた。

「はい。白縫の旦那、そいつを調べて下さい。お願いです。さもなければ、油をぶちまけて火を付けます」

弥七は、眼を据わらせて声を引き攣《つ》らせた。

「弥七、お前の睨み通り、大名屋敷の奴らが錺職の左平を殺し、娘のおきよを連れ去ったとしたら、どうするのだ」

「おきよちゃんを一刻も早く助けてやって下さい。お願いします」

「弥七、おきよを助けた処でお前は只《ただ》では済まないよ」

「分かっています。そんな事は分かっています。ですが、おきよちゃんが助かるなら、あっしはどうなっても構わないんです」

弥七は、声を引き攣らせて必死に訴えた。

己を犠牲にしてでも、おきよと云う娘を助けようとしている。

半兵衛は知った。

「ならば弥七。左平を殺し、娘のおきよを連れ去った大名屋敷の奴らとは、何処の大名家の者共なのだ」

「はい。信濃国《しなののくに》は高代藩《たかしろはん》の中屋敷の奴らです」

「信濃国高代藩の中屋敷……」

「はい。おきよちゃんは両国《りようごく》広小路にある初花《はつはな》って茶店に通い奉公をしていて、高代藩の中屋敷の奴らに付き纏《まと》われていたんです。だから、きっと中屋敷に閉じ込められているのかもしれません……」

弥七は睨み、悔しげに身を震わせた。

「分かった、弥七。お前の云うように高代藩の中屋敷と詰めている奴らを探ってみよう」

「白縫の旦那……」

「だが、おそらく刻《とき》が掛かる……」

「はい……」

弥七は、喉を鳴らして頷いた。

「だから、何があっても、私が来る迄、自身番に火を放って家主や店番に害が及ぶような馬鹿な真似はするなよ」

半兵衛は云い聞かせた。

「はい。分かりました……」

弥七は、覚悟を決めているように頷いた。

「よし。じゃあな……」

半兵衛は、上がり框から立ち上がった。

「宜《よろ》しくお願いします」

弥七は、半兵衛に手を合わせた。


「如何《いかが》でした……」

風間、半次、音次郎、そして町役人たちが戻って来た半兵衛を取り囲んだ。

「うん。風間、五日前に起きた錺職の左平が斬り殺され、娘のおきよが行方知れずになった一件、どうなっているんだ」

半兵衛は、風間に厳しい眼を向けた。

「は、はい。今、殺された左平を恨んでいる者などの洗い出しをしていますが。半兵衛さん、奴はその一件で立て籠もりを……」

風間は眉をひそめた。

「奴は弥七と云ってな。一刻も早くおきよを助けなければ、自身番に火を放つそうだ」

「そんな……」

「ま、良い。風間、弥七を見張っていろ」

半兵衛は命じた。

「は、はい……」

「だが、下手な手出しは一切無用だ。弥七の云う事は何でも聞いてやるのだ」

「えっ……」

風間は、戸惑いを浮かべた。

「さもなければ、弥七は自身番に火を放って家主と店番を道連れにして死ぬだろう」

「そ、そんな……」

風間と町役人たちは、激しく動揺した。

火事の火元が自身番となれば、如何に付け火とは云え、町役人たちにも重い罪《つみ》科《とが》を免れない。

「半兵衛さん……」

北町奉行所の若い定町廻り同心神代新吾《かみしろしんご》が駆け付けて来た。

「おお、どうした新吾……」

神代新吾は、半兵衛の組屋敷の隣に住んでおり、養生所見廻り同心《ようじょうしょ》から定町廻り同心になった若者だ。半次や音次郎とも親しい間柄だった。

「はい。大久保さまからの伝言です。そして、立て籠もりの一件、日暮れ迄に始末しろとの御奉行のお言葉だそうです」

「日暮れ迄に……」

半兵衛は眉をひそめた。

「ええ。まったくものの分からぬ御奉行だと大久保さまは怒り狂っていました」

「大久保さまがな……」

半兵衛は、忠左衛門が細い首の筋を引き攣らせて怒り狂っている姿を思い浮かべた。

「ええ。半兵衛さん、御奉行は人質など気にせず直ぐに踏み込み、立て籠もりの慮外者を早々に斬り棄てろと命じられたそうです。ですが、大久保さまがそれは出来ぬと頑《がん》として応じなかったとか。そうしたら御奉行は、日暮れ迄の始末を命じたそうです」

新吾は、腹立たしげに囁いた。

「そうか。日切りをしたか……」

半兵衛は苦笑した。

「半兵衛さん、良かったら、私にも手伝わせて下さい」

新吾は、身を乗り出した。

「よし。じゃあ一緒に来てくれ」

「はい……」

新吾は、勢い込んで頷いた。

「じゃあ風間、此処を頼んだぞ。半次、音次郎……」

半兵衛は、半次と音次郎、そして神代新吾と共に浜町河岸に急いだ。

浜町堀には荷船が行き交っていた。

半兵衛は、浜町河岸に来る迄に、弥七の立て籠もりの理由と要求を半次、音次郎、新吾に教えた。

「じゃあ弥七は、高代藩江戸中屋敷の者共が錺職の左平を斬り、娘のおきよを連れ去ったと云っているんですね」

半次は眉をひそめた。

「ああ。そして、おきよを助けてやってくれ、さもなければ自身番に火を放ち、家主や店番を道連れにして死ぬそうだ」

「半兵衛さんは、弥七の話を信じているんですか……」

新吾は尋ねた。

「新吾。私たちがおきよを捜して助け出した処で、自身番に立て籠もった弥七は罪を免れぬ。弥七はそいつを覚悟して立て籠もり、私たちを動かそうとしている。私はその覚悟を信じるよ」

半兵衛は苦笑した。

「そうですか。分かりました、半兵衛さんが信じるなら、俺も信じます」

新吾は頷いた。

「旦那……」

音次郎は、浜町河岸の東岸に連なる大名屋敷の一つを指し示した。

「信濃国高代藩江戸中屋敷です……」

音次郎の示した高代藩江戸中屋敷は、表門を閉めて静寂《せいじゃく》に覆われていた。

「新吾、半次、おきよは両国広小路にある初花って茶店に通い奉公をしていて高代藩の者共に付き纏われていたらしい。そいつを確かめて来てくれ」

「心得ました」

新吾と半次は頷いた。

「音次郎と私は、江戸中屋敷の様子を窺う」

半兵衛は手筈《てはず》を決めた。

半次と新吾は、両国広小路に駆け去った。

「さあて、どうしますか……」

音次郎は、高代藩江戸中屋敷を眺めた。

大名家の中屋敷や下屋敷は別荘的な役割であり、常日頃は僅かな人数の留守居《るすい》番《ばん》の家来がいるだけだった。

「うん。相手は大名家、支配は大目付《おおめつけ》で町奉行所が容易に手出しの出来る相手じゃあない。先ずは江戸中屋敷の様子を調べてみるか……」

半兵衛は、厳しい面持ちで高代藩江戸中屋敷を見据えた。

半兵衛と音次郎は、高代藩江戸中屋敷に出入りを許されている油屋や酒屋を探した。そして、酒屋の手代を呼び出し、秘かに高代藩江戸中屋敷について聞き込みを掛けた。

「高代藩の中屋敷ですか……」

手代は眉をひそめた。

「うむ。此処の処、何か変わった様子はないかな……」

半兵衛は訊いた。

「変わった様子と云いましても。あ、そう云えば、三ヶ月前頃から注文する酒の量が増えましたよ」

手代は告げた。

「注文する酒の量が増えた……」

「ええ。それも上酒《じょうしゅ》が……」

「上酒……」

半兵衛は眉をひそめた。

「って事は旦那。三ヶ月前から江戸中屋敷に今迄いなかった身分の高い酒飲みが暮らし始めたんですかね」

音次郎は読んだ。

「うむ。おそらくな。して、他に何か気が付いた事はないかな……」

「さあ……」

手代は首を捻った。

「じゃあ、高代藩江戸中屋敷を詳しく知っている者は他にいないかな……」

半兵衛は尋ねた。

両国広小路には見世物小屋や露店が連なり、多くの遊び客で賑わっていた。

茶店『初花』は直ぐに見付かった。

半次と神代新吾は、茶店『初花』の亭主に聞き込みを掛けた。

「ええ。おきよちゃんはうちの看板娘でしてね。お父っつあんが殺されて行方知れずになるなんて。弥七さんも心配でしょうね……」

亭主は眉をひそめた。

「弥七を知っているのか……」

「はい。おきよちゃんと夫婦約束をしている錺職ですよ」

「夫婦約束をしている錺職……」

半次と新吾は、左平おきよ父娘と弥七の拘わりを知った。

「で、おきよだが、信濃国高代藩の者に付き纏われていたと聞くが、本当なのかな……」

新吾は尋ねた。

「ええ。おきよちゃん目当てで良く来ていましてね。酒の酌をしろとか、いろいろ誘って付き纏っていましたよ」

「その高代藩の侍、名は何と云うのだ……」

「確か今村甚四郎《いまむらじんしろう》だったと思いますが……」

亭主は、自信なげに告げた。

「で、その今村甚四郎、おきよが行方知れずになってからも来ているのか……」

「そう云えば来ていませんね……」

「そうか。半次の親分……」

「ええ。新吾の旦那、今村が来ないのは、おきよの行方知れずに拘わりがありますか……」

「うん……」

半次と新吾は読んだ。

二

信濃国高代藩江戸中屋敷に油を納めているのは、浜町堀沿いの富沢町《とみざわちよう》にある油屋だった。

半兵衛は音次郎と共に油屋を訪れ、高代藩江戸中屋敷について尋ねた。

「高代藩の江戸中屋敷ですか……」

油屋の番頭は、戸惑いを浮かべた。

「うん。三ヶ月前から注文される燭台用《しょくだいよう》の油の量が増えたとか……」

身分の高い者が増えたなら、使う油の量も酒のように増える筈だ。

「油の注文の量ですか……」

番頭は、分厚い帳簿を捲《めく》った。

「うん……」

「注文では、油の量はこれと云って増えちゃあいませんね」

「そうか……」

「あっ。油の量、増えちゃあいませんが、次に注文するのが早くなっていますね」

番頭は、帳簿を捲り、見比べながら告げた。

「旦那……」

「うむ……」

やはり高代藩江戸中屋敷には、三ヶ月前から身分の高い者が暮らしているのだ。

半兵衛と音次郎は見定めた。

「あっ……」

番頭は、店先を通って行く中間《ちゅうげん》を見て思わず声をあげた。

「どうかしましたかい……」

音次郎は尋ねた。

「今、通って行った中間、高代藩江戸中屋敷の富造《とみぞう》さんですよ」

番頭は告げた。

「音次郎……」

「はい……」

音次郎は、素早く油屋を出て行った。

「やあ、いろいろ造作を掛けた。助かったよ」

半兵衛は、油屋の番頭に礼を云って音次郎に続いた。

中間の富造は、浜町堀沿いの道を北に進んでいた。

音次郎は尾行た。

富造は、薄笑いを浮かべて擦れ違う女を振り返っていた。

女好きか……。

音次郎は、苦笑しながら富造を追った。

「何処に行くのかな……」

半兵衛が背後から並んだ。

富造は、浜町堀から豊島町《としまちよう》を抜けて神田川沿いの柳原通り《やなぎわらどお》りに出た。そして、柳原通りを横切り、神田川に架かっている新シ橋《あたらばし》を渡った。

半兵衛と音次郎は、充分に距離を取って続いた。


新シ橋を渡った富造は、向柳原《むこう》を三味線堀《しやみせんぼり》に進んだ。

三味線堀の周囲には、大名や旗本の屋敷が並んでいた。

中間の富造は、三味線堀の奥にある大名屋敷に入った。

「高代藩の江戸上屋敷かな……」

半兵衛は読んだ。

「確かめて来ます」

音次郎は、旗本屋敷の門前を掃除している下男の処に走った。

高代藩家臣今村甚四郎……。

半次と新吾は、おきよに付き纏っていた今村甚四郎が江戸中屋敷にいるかどうか見定める為、浜町河岸に戻って来た。

高代藩江戸中屋敷の周囲に、半兵衛と音次郎はいなかった。

半次と新吾は、高代藩江戸中屋敷に出入りする者を見張り、今村甚四郎と云う家来を見定めようとした。


中間の富造の入った大名屋敷は、半兵衛の睨み通り信濃国高代藩江戸上屋敷だった。

半兵衛と音次郎は、中間の富造が中屋敷の者の使いで来たと読んだ。そして、出て来るのを待った。

何処かの寺の鐘が、午《うま》の刻九つ（正午）を告げ始めた。

「もう昼ですね……」

音次郎は、鐘の音の響く空を眩しげに見上げた。

「うん……」

「日暮れ迄の始末ですか……」

音次郎は、微《かす》かな不安を過ぎらせた。

日暮れ迄に始末すると云う日切りを果たさなければ、吟味方与力の大久保忠左衛門の立場は悪くなる。

「ああ。ちょいと手荒な真似をしてでも急がなければならぬようだな……」

半兵衛は、厳しさを滲ませた。

「旦那……」

「此《こ》れ以上、大久保さまを怒らせる訳にはいかないからな」

半兵衛は苦笑した。

中間の富造が、高代藩江戸上屋敷から出て来た。

「旦那……」

「うん……」

半兵衛と音次郎は、中間の富造を追った。

中間の富造は、新シ橋を渡って柳原通りを八ツ小路に向かった。

「未だ何処かに行くんですかね」

音次郎は、戸惑いを浮かべた。

「いや。使いの役目を終え、何処かで息抜きをするつもりだろう」

半兵衛は読んだ。

富造は、和泉橋《いずみばし》の南詰を抜けて柳森稲荷《やなぎもりいなり》に入った。

「よし。富造を押さえる……」

半兵衛は、足取りを速めた。

音次郎は続いた。


柳森稲荷の鳥居前には、古着屋や骨董屋などの露店が並び、奥に葦簀《よしずば》張りの立飲み屋があった。

中間の富造は、葦簀張りの立飲み屋で美味《うま》そうに安酒を飲み始めた。

「富造……」

半兵衛は、富造に声を掛けた。

富造は、安酒の入った湯呑茶碗を手にして振り返った。

音次郎は、素早く富造の背後に廻った。

「旦那、あっしに何か……」

富造は、巻羽織の半兵衛に微かな怯えを過ぎらせた。

使いの途中で酒を飲むのは、お家の御法度《ごはっと》であり知れれば放逐《ほうちく》される。

富造は、それを恐れた。

「うん。酒を楽しんでいる時に申し訳ないが、ちょいと顔を貸して貰おうか……」

富造は、弱味を握られて従うしかなかった。

富造は、緊張と怯えを滲ませた。

「さあて富造、高代藩江戸中屋敷についていろいろ訊きたい事があってね」

半兵衛は笑い掛けた。

「は、はい……」

「三ヶ月前から中屋敷に身分の高い者がいるようだが、誰なのか教えてくれないかな」

「そ、それは……」

富造は、躊躇《ためら》い口籠もった。

「富造……」

半兵衛は、富造を厳しく見据えた。

「は、はい。忠輝《ただてる》、村岡《むらおか》忠輝さまです」

富造は怯えた。

「村岡忠輝……」

「はい。お殿さまの甥御《おいご》さまにございます」

「そうか。高代藩江戸中屋敷には、殿さまの甥の村岡忠輝さまがいるのか……」

「はい……」

富造は頷いた。

上酒を飲む身分の高い者は、殿さまの甥の村岡忠輝だった。

「ならば富造、江戸中屋敷におきよと云う名の町娘がいるな……」

半兵衛は、不意に鎌《かま》を掛けた。

「えっ……」

富造は狼狽えた。

「おきよだ。おきよと云う町娘が中屋敷にいるのだな……」

半兵衛は、富造がおきよを知っていて狼狽えたと読んだ。

「いえ、旦那。あっしは、おきよさんって町娘は知りません」

富造は、半兵衛を見返して否定した。

「じゃあ富造、手前《てめえ》、今、おきよと聞いて狼狽えたのは、何なんだ……」

音次郎は眉をひそめた。

「いえ。あっしが知っているのは、奥御殿に若い女がいると云うだけで、若い女がお尋ねのおきよと云う方かどうかは……」

富造は、困惑を浮かべた。

「分からないか……」

「はい。あっしたち下々にはそこ迄は……」

「ならば、お前たちは奥御殿にいる若い女を何者だと思っているのだ」

「それは、忠輝さま御寵愛《ごちようあい》の方だと……」

富造は頷いた。

「そうか……」

「旦那……」

「うん。富造、その若い女を中屋敷に連れて来たのは誰なのだ」

「それは、忠輝さまの御側役の今村甚四郎さまにございます」

「今村甚四郎……」

「はい。旦那、そろそろ中屋敷に戻らなければ……」

富造は、哀願するように半兵衛を見詰めた。

「そうか。造作を掛けたな。富造、此の事は一切他言無用だ。良いな」

「そいつはもう……」

富造は、安堵を浮かべた。

忠輝と若い女の事を町方同心に話したと知れれば、問答無用で手討にされる。

「よし。ならば、行くが良い……」

半兵衛は促した。

「はい、じゃあ……」

富造は駆け去った。

「旦那……」

「うん。高代藩江戸中屋敷の奥御殿にいる若い女がおきよに違いあるまい」

半兵衛は睨んだ。

「はい。きっと……」

音次郎は頷いた。

「村岡忠輝と側役の今村甚四郎か……」

半兵衛の前に、錺職の左平を斬り殺し、娘のおきよを連れ去った者の姿が僅かに浮かんだ。


小舟町の自身番は、捕り方たちに取り囲まれていた。

定町廻り同心の風間鉄之助は、向かい側の木戸番屋から見張り続けた。

自身番の腰高障子が僅かに開いた。

風間は緊張した。

「白縫の旦那はどうした……」

腰高障子の陰から弥七の声がした。

「未だだ。未だ戻って来ない……」

風間は告げた。

「そうか。じゃあ、握り飯を用意してくれ」

弥七は頼んだ。

「握り飯だと……」

風間は眉をひそめた。

「ああ……」

「弥七、腹が減ったなら大人しく出て来い」

風間は怒鳴った。

「駄目だ、出来ない……」

「出来ないのなら、握り飯も駄目だ」

風間は突っ撥《つ》《ば》ねた。

「じゃあ、せめて家主の彦六さんと店番の利助さんの握り飯だけでもお願いだ」

弥七は、必死の声音で頼んだ。

「家主と店番の分だと……」

風間は戸惑った。

人質になっている家主の彦六と店番の利助の握り飯迄、無下には断れない。

風間は迷った。

「風間の旦那、家主の彦六さんと店番の利助さんも腹が減っている筈です。あっしが直ぐに用意します」

番人の善吉は、木戸番屋の奥に駆け込んだ。

「分かった。弥七、握り飯は用意する。その代わり、家主と店番に手は出すなよ」

風間は告げた。

「ああ……」

弥七は、僅かに開けた自身番の腰高障子を閉めた。

風間は、吐息を洩らした。


信濃国高代藩江戸中屋敷の前を流れる浜町堀には、荷船が行き交っていた。

半次と神代新吾は、浜町堀に架かっている組合橋《くみあいばし》の袂から高代藩江戸中屋敷を見張っていた。

堀端を足早に来た中間の富造が、中屋敷に入って行った。

半次と新吾は見送った。

「新吾の旦那……」

半次は、堀端を来る半兵衛と音次郎に気が付き、新吾に報せた。

「そうか。茶店奉公をしていたおきよに付き纏っていたのは、やはり今村甚四郎か……」

半兵衛は、新吾と半次の報せを聞いた。

「ええ。御存知なんですか……」

新吾は、半兵衛に怪訝な眼を向けた。

「新吾、半次。高代藩江戸中屋敷には藩主の甥の村岡忠輝ってのが、三ヶ月前から暮らし始めたそうでね」

「藩主の甥の村岡忠輝ですか……」

「うん。そいつの側役が今村甚四郎だそうだ」

半兵衛は告げた。

「じゃあ、その今村甚四郎が……」

半次は眉をひそめた。

「うむ。おそらくおきよに懸想《けそう》した村岡忠輝の意を受け、付き纏い、誘った……」

「ですが、弥七と夫婦約束をしていたおきよは、今村甚四郎の誘いを断った。それで今村甚四郎は……」

「錺職の左平を斬り、娘のおきよを連れ去ったか……」

半兵衛は読んだ。

「外道《げどう》ですね……」

音次郎は、怒りを滲ませた。

「ま、肝心な事は、おきよをどうやって無事に助け出すかです」

新吾は眉をひそめた。

「うん。その為には、おきよが中屋敷の何処にいるか、突き止めなければならぬか……」

「ええ……」

「半兵衛の旦那、あっしが忍び込んで探って来ましょうか……」

音次郎は、不敵に云い放った。

「音次郎……」

半次は心配した。

「大丈夫ですよ、親分。危ないとなれば、さっさと逃げ出して来ますよ」

音次郎は笑った。

「音次郎、お前は逃げ出せば良いが、おきよはどうなる」

半兵衛は眉をひそめた。

「えっ……」

音次郎は戸惑った。

「お前が忍び込んだのが知れると、村岡忠輝と今村甚四郎、左平殺しなどの発覚を恐れておきよを始末し、何もかも闇《やみ》に葬《ほうむ》るやもしれない……」

半兵衛は読んだ。

「ですが半兵衛さん、此のままでは弥七の立て籠もりも埒《らち》が明かず、日切りにも間に合わなくなるやもしれません。此処はやってみるしかないのかも……」

新吾は厳しく告げた。

半次と音次郎は、新吾の言葉に頷いた。

「そうか、半次と音次郎もそう思うか……」

半兵衛は苦笑した。


四半刻（三十分）が過ぎた。

高代藩江戸中屋敷の敷地は、間口は狭いが奥行きがあって広い。

音次郎は、小者に扮《ふん》した新吾と一緒に中屋敷の横手の狭い路地を奥に進んだ。

半兵衛は、万一に備えて音次郎の他に新吾も忍び込ませる事にしたのだ。

音次郎と新吾は、狭い路地の奥に進んで土塀《どべい》に縄梯子《なわばしご》を掛けて上った。そして、土塀の上に潜んで中屋敷の庭を眺めた。

庭の奥は手入れが行き届いてなく、雑木と雑草が生い茂っていた。

雑木の向こうには、泉水《せんすい》のある庭と奥御殿が見えるだけで、見張りや見廻りの者たちはいなかった。

「見張りはいませんね」

「うん。大名家の中屋敷や下屋敷には、留守居番の家来が僅かにいるだけで警戒は緩い」

新吾は見定め、奥御殿を眺めた。

奥御殿は藩主一族が暮らす処であり、今は藩主の甥の村岡忠輝だけが暮らしているのだ。

おきよは、その奥御殿の何処かにいる。

何処だ……。

「さあ、おきよを捜しますか……」

「うん。音次郎、お互いに無理は禁物だ」

「承知……」

音次郎と新吾は、縄梯子を土塀の屋根に引き上げて庭の茂みに飛び下りた。

三

高代藩江戸中屋敷の広い庭には泉水があり、中ノ島には四阿《あずまや》があった。

新吾と音次郎は、泉水を迂回《うかい》して庭の植込みの陰に駆け込み、奥御殿を窺った。

奥御殿は雨戸が閉められており、離れ家の雨戸だけが開けられていた。

「忠輝はあの離れ家ですね」

音次郎は、雨戸の開けられている離れ家で忠輝が暮らしていると睨んだ。

「うん。だが、おきよもあそこにいるとは限らない……」

「ええ。おきよは別の処に閉じ込められているのかも……」

「して、どうする……」

「先ずは、雨戸を抉《こ》じ開《あ》けて奥御殿の中に忍び込むってのはどうですか……」

「いいねえ……」

「じゃあ……」

音次郎は、離れ家から死角になる処の雨戸に走った。

新吾は続いた。

音次郎は濡れ縁《ぬえん》に上がり、匕首《あいくち》を使って雨戸の猿を外して敷居に竹筒の油を流した。そして、雨戸を音もなく開けた。

雨戸の内側には薄暗い廊下が長く続き、障子の閉められた座敷が並んでいた。

離れ家は、長い廊下の先だ。

人の気配はない……。

音次郎と新吾は見定め、長い廊下にあがって離れ家に向かった。

長い廊下に連なる座敷は暗く、人のいる気配は何処にもなかった。

音次郎と新吾は、薄暗く長い廊下を進んで明るい処に出た。

離れ家に続く廊下だった。

明るい廊下には幾つかの部屋が並び、奥に濡れ縁を廻した座敷があった。

「奥が忠輝の座敷ですかね……」

音次郎は睨んだ。

「うん……」

新吾は頷いた。

足音が近付いて来た。

「音次郎……」

新吾は、音次郎と薄暗く長い廊下の角の座敷に入った。

角の座敷は冷え冷えとしていた。

それは、人のいない証《あかし》だ。

新吾と音次郎は、障子に小さな穴を開けて覗いた。

中年の羽織袴武士が、明るい廊下の奥に進んで行った。

「今村甚四郎かな……」

新吾は睨んだ。

「きっと……」

音次郎は頷いた。

「だとしたら、忠輝はやはり奥の座敷だな」

新吾は見定めた。

「ええ……」

音次郎は頷いた。

新吾と音次郎は、忠輝の居場所を見定めた。

「じゃあ新吾の旦那。あっしは忠輝の座敷の縁の下に潜り込んでみます」

「気を付けてな。俺は奥御殿の中を調べてみる……」

「はい。じゃあ……」

音次郎は、角の座敷から素早く出て行った。


高代藩江戸中屋敷に異変はない……。

半兵衛は、組合橋の袂から高代藩江戸中屋敷の様子を窺っていた。

半次が、高代藩江戸中屋敷の裏手から現れ、駆け寄って来た。

「今の処、何の騒ぎも起きていないようです」

半次は告げた。

騒ぎが起きていないのは、音次郎と新吾が見付かっていない証だ。

「そうか。おきよの居処、無事に突き止められると良いのだが……」

「ええ。それにしても旦那、高代藩の殿さまはともかく、お偉方は忠輝の行状《ぎょうじょう》を知っているんですかね」

半次は眉をひそめた。

「いや。おそらく知らぬだろうな」

半兵衛は読んだ。

「やっぱり……」

「うむ。こんな非道な所業が公儀に知れたら高代藩は只では済まぬ。もし知っていたら早々に止めさせる筈だ」

「じゃあ……」

「半次、何をするにしてもおきよを無事に助け出してからだ……」

半兵衛は、厳しい面持ちで高代藩江戸中屋敷を見据えた。

未《ひつじ》の刻八つ（午後二時）の鐘が、鳴り響き始めた。

日暮れ迄の日切り、暮六つ（午後六時）迄、後二刻……。

縁の下は蜘蛛《くも》の巣が張り、湿った地面には鼠《ねずみ》や虫の死骸が転がっていた。

音次郎は、縁の下を忠輝の座敷に進んだ。

頭上から男たちの話し声が聞こえた。

音次郎は、一番良く聞こえる処を探し、耳を澄ませた。

「して今村、留守居番頭《ばんがしら》の梶原《かじわら》は、私の行状を殿や重臣共に報せたのか……」

若い男の薄笑いを滲ませた声が聞こえた。

忠輝だ……。

音次郎は睨んだ。

「今の処、報せてはいないようですが、油断はなりません」

中年男の声がした。

忠輝の側役の今村甚四郎……。

音次郎は、懸命に頭上の声を聞いた。

「それにしても忠輝さま。おきよですが、猿轡《さるぐつわ》を外せば直ぐに舌を嚙《か》んで死ぬ覚悟、未だ以《もっ》て諦めてはおりませぬぞ」

今村甚四郎は、腹立たしげに告げた。

「愚かな女だ。大人しく私に抱かれていれば、茶店奉公などせず、面白可笑《おもしろおか》しく暮らしていけると云うものを……」

忠輝は嘲《あざけ》りを浮かべた。

「猿轡を外せぬ限り、食事も摂《と》れません。此のままでは飢え死にするやも……」

「ならば、そうなる前に引導を渡して大川に投げ込む迄よ」

忠輝は、冷酷な笑みを浮かべた。

おきよは無事だ。

音次郎は知り、微かに安堵した。

だが、おきよは舌を嚙み切って死ぬ覚悟を決めているらしくて猿轡を外せず、連れられて来て以来、満足に物を食べずにいるようだ。

早く助け出さなければ、舌を嚙む前に飢え死にしてしまう。

何処に閉じ込められているのだ……。

音次郎は焦りを覚えた。

奥御殿の離れ家に行く廊下は、表御殿と庭に出る内玄関に行く二つのものと続いていた。

表御殿には留守居番の家臣たちが詰めており、おきよが閉じ込められているとは思えない。

ならば、庭に出る内玄関に続く廊下か……。

新吾は睨み、内玄関に続く廊下を進んだ。

内玄関の外には、幾つかの土蔵が並んでいた。

新吾は内玄関の外に潜み、並んでいる幾つかの土蔵を窺った。

扉の開いた土蔵があった。

まさか……。

新吾は、扉の開いている土蔵に駆け寄り、隣の土蔵との間に身を潜めた。

扉の開いている土蔵から、老下男が岡持《おかも》ちを持って出て来た。

岡持ち……。

老下男は、食べ物を入れて運ぶ岡持ちを持って土蔵から出て来たのだ。

それは、土蔵に人がいるからに他ならない。

おきよ……。

新吾の勘が囁いた。

老下男は、暗い土蔵の中に憐れみの一瞥を与えて扉を閉めた。そして、岡持ちを下げて奥御殿の内玄関に入って行った。

新吾は見送り、辺りに人の気配がないか窺った。

奥御殿と土蔵の周囲には内塀が廻されており、表御殿の者が入って来る気配はなかった。

新吾は見定め、土蔵の扉に駆け寄った。

土蔵の扉に錠前は掛けられていなかった。

新吾は、扉を開けて土蔵の中に忍び込んだ。

土蔵の中は薄暗く、微かな異臭がした。

新吾は、高窓から差し込む微かな明かりを頼りに土蔵の奥に進んだ。

奥には座敷牢《ざしきろう》があった。

座敷牢……。

新吾は忍び寄った。

座敷牢は太く頑丈《がんじょう》な格子が組まれ、錠前が掛けられていた。そして、奥の暗がりに女が倒れていた。

女は縛られ、猿轡を嚙まされていた。

おきよ……。

新吾は、おきよを見付けた。

「おきよ……」

新吾は、小声で呼び掛けた。

おきよは、僅かに動いて身を固くした。

生きている……。

新吾は見定め、錠前を外そうとした。だが、錠前は頑丈であり、外れる気配はなかった。

錠前を開ける鍵か、外す道具がいる。

出直すしかない……。

新吾は決めた。

「おきよ、私は北町奉行所の者だ。必ず助ける。弥七も心配している、気を確かに持って、もう暫く辛抱してくれ」

新吾は告げた。

おきよは、身体を僅かに動かした。

どうやら、それが縛られ猿轡を噛まされたおきよの出来る返事なのだ。

「良いな、必ず助けに来る……」

新吾は告げ、座敷牢から離れた。

新吾は、奥御殿の長い廊下の角の暗い座敷に戻った。

暗い座敷には、既に音次郎が戻っていた。

「新吾の旦那、奥の座敷はやはり忠輝の部屋で、おきよは奥御殿の何処かに……」

「土蔵の座敷牢だ」

「じゃあ……」

「うん。とにかく半兵衛さんに報せよう」

新吾は、音次郎を促して長く薄暗い廊下の奥に急いだ。


「旦那……」

半次は、半兵衛に高代藩江戸中屋敷の横手の路地を示した。

新吾と音次郎が現れ、辺りを油断なく窺いながら組合橋を渡って来た。

組合橋の袂には、半兵衛と半次がいた。

「やあ。御苦労だったね……」

半兵衛は労《ねぎら》った。

「いえ。半兵衛さん、おきよは奥御殿の土蔵の座敷牢にいました」

新吾は報せた。

「いたか……」

半兵衛は頷いた。

「はい。見届けました……」

新吾は頷いた。

「そうか……」

半兵衛は、微かな安堵を過ぎらせた。

「それで旦那。おきよは舌を嚙んで死のうとするので、縛られ猿轡を嚙まされ、満足に物を食べていないそうです」

半次は告げた。

「満足に食べていない……」

半兵衛は眉をひそめた。

「はい。此のままでは飢え死にするかと……」

「おきよは、その所為《せい》かかなりぐったりしていて、一刻も早く助け出さなければなりません……」

音次郎と新吾は、おきよの身を心配した。

「よし。仔細《しさい》を聞かせて貰おう……」

半兵衛は微笑んだ。

申《さる》の刻七つ（午後四時）の鐘が鳴り終わった。

日切りの暮六つ迄、後一刻になった。

半兵衛は、北町奉行所に戻って吟味方与力の大久保忠左衛門の用部屋に急いだ。

「おお、半兵衛、立て籠もりはどうなった」

忠左衛門は、細い筋張った首を伸ばした。

「大久保さま、それがいろいろありましてね」

半兵衛は、立て籠もりの背後に錺職の左平殺しと娘おきよの拉致《らち》がある事を教えた。

「五日前の一件か……」

忠左衛門は白髪眉をひそめた。

「ええ。して、立て籠もった弥七は、連れ去られたおきよと夫婦約束をしており、助けてくれなければ、自身番に火を放ち、家主と店番を道連れにして死ぬと……」

半兵衛は告げた。

「だが、そのおきよなる娘、誰に何処へ連れ去られたか、分からないだろう……」

忠左衛門は、困惑を浮かべた。

「そいつが、連れ去ったのは信濃国高代藩藩主の甥の村岡忠輝と側役の今村甚四郎。して、おきよは高代藩江戸中屋敷の土蔵の座敷牢に囚《とら》われています」

「信濃国高代藩だと……」

忠左衛門は驚き、喉を引き攣らせた。

「はい……」

半兵衛は頷いた。

「ならば半兵衛、小舟町の自身番立て籠もりの一件、高代藩江戸中屋敷の座敷牢に囚われているおきよなる娘を助け出さない限り、落着しないのか……」

忠左衛門は読んだ。

「そう云う事です……」

「お、おのれ。高代藩の愚か者共が……」

忠左衛門は、村岡忠輝と今村甚四郎を怒り露わに罵倒《ばとう》した。

「そこで大久保さま……」

半兵衛は、穏やかな笑みを浮かべた。

神田明神下の通りは、神田川に架かる昌平橋と不忍池を結んでおり、多くの人が行き交っていた。

新吾は、裏通りに入って錠前師の万吉《まんきち》の家を訪れた。

錠前師の万吉は、盗賊の一味に引き摺り込まれそうになった時、新吾に助けられた事があった。

「えっ。どんな錠前でも開けられる合鍵ですかい……」

錠前師の万吉は、壊れた錠前を直していた手を止めた。

「ああ。ないかな……」

新吾は訊いた。

「神代の旦那、同心から盗人《ぬすっと》に商売替えでもしたんですかい……」

万吉は笑った。

「まあな……」

新吾は苦笑した。

「で、どんな錠前でも開けられる合鍵、ないかな……」

新吾は、万吉を見据えた。

「ま、ない事もありませんが、使う者の腕次第ですぜ……」

万吉は、新吾の真剣さを知った。

「じゃあ、その合鍵を貰おうか……」

「旦那、何処の錠前を破ろうってんです……」

万吉は、その眼を鋭く細めた。

「大名屋敷の座敷牢の錠前だ」

新吾は小さく笑った。

「座敷牢の錠前ですか……」

「ああ……」

「此処にある錠前で、大きさや形の似た奴はありますかい……」

万吉は、棚に並べてある様々な大きさと形の錠前を示した。

「座敷牢の錠前と大きさや形の似た奴か……」

新吾は、様々な錠前を見比べた。

「ええ、大きさや形が分かれば、そいつに見合う合鍵を作りますよ」

万吉は笑った。

「そいつはありがたい……」

新吾は喜んだ。


日は大きく西に傾き、西堀留川の水面《みなも》は鈍色《にびいろ》に輝いた。

暮六つは近い。

小舟町の自身番の立て籠もりと、捕り方たちの包囲は続いた。

向かい側の木戸番屋には、風間鉄之助と町役人たち、そして自身番の番人の善吉が詰めていた。

「そろそろ暮六つか……」

誰かが云った。

風間は、疲れ果てた面持ちで西の空を見上げた。

夕陽は眩しかった。

半兵衛が、半纏《はんてん》を着た音次郎と勇次《ゆうじ》を従えてやって来た。

勇次は、半兵衛たちが懇意《こんい》にしている岡っ引の柳橋の弥平次の手先の船頭だ。

「半兵衛さん……」

風間は、木戸番屋を出た。

「やあ。風間、変わりはないか……」

半兵衛は、音次郎と勇次を待たせて風間の許にやって来た。

「は、はい。ありません……」

「そうか、御苦労だったな。此から片付ける。此処にいろ……」

半兵衛は、風間を残して自身番に向かった。


「弥七、白縫半兵衛だ……」

半兵衛は、自身番の腰高障子に向かって呼び掛けた。

腰高障子が開き、弥七が顔を見せた。

「白縫の旦那……」

「うむ。家主の彦六と店番の利助に変わりはないな」

半兵衛は、自身番の狭い畳の間に入った。

「は、はい。大分疲れていますが、握り飯はちゃんと食べました……」

弥七は、怯えと緊張に声を震わせた。

「そうか。彦六、利助、北町の白縫半兵衛だ。無事か……」

半兵衛は、奥の板の間に声を掛けた。

「し、白縫さま、お助けを、早くお助けを……」

彦六の疲れ果てた声がした。

「うん。もう少しの辛抱だ。待っていろ……」

半兵衛は、彦六と利助を落ち着かせた。

「さあて、弥七。お前の睨み通り、おきよは高代藩江戸中屋敷の座敷牢に閉じ込められていたよ」

「やっぱり。で、無事なんですか、おきよは無事なんですか……」

弥七は、半兵衛に縋《すが》る面持ちで尋ねた。

「窶《やつ》れているが無事だそうだ……」

「良かった……」

弥七の身体から緊張と力が脱けた。

「それで、此から助ける。音次郎、勇次……」

半兵衛は、表にいた音次郎と勇次を呼んだ。

音次郎と勇次が、自身番の戸口に来た。

弥七は、慌てて身構えた。

「弥七、お前は此の勇次と一緒に行け……」

半兵衛は、勇次を引き合わせた。

「えっ……」

弥七は困惑した。

「悪いようにはしない。云う通りにするのだ」

半兵衛は、穏やかに微笑んだ。

「はい……」

弥七は頷いた。

「じゃあ弥七、此奴を着な……」

音次郎は、縞《しま》の半纏を脱いで弥七に渡した。

「はい……」

弥七は頷き、縞の半纏を着た。

「勇次、頼むよ……」

半兵衛は促した。

「お任せを……」

勇次は頷き、弥七に笑い掛けた。

自身番から勇次と縞の半纏を着た弥七が現れ、西堀留川に足早に立ち去った。

風間鉄之助と町役人たちは、縞の半纏を着た男が弥七だとは気付かずに見送った。

僅かな刻が過ぎた。

家主の彦六と店番の利助が、半兵衛と音次郎に助けられて自身番から出て来た。

「家主さん、利助さん……」

番人の善吉と町役人たちは、喜びと安堵の声をあげて彦六と利助に駆け寄った。

半兵衛と音次郎は、彦六と利助を善吉と町役人たちに任せた。

「半兵衛さん……」

風間は、満面に安堵を浮かべた。

「風間、どうやら立て籠もりは、此で一件落着だな」

「はい。して弥七は……」

「ああ、当て身を喰らわしておいた。後を頼むぞ……」

半兵衛は告げた。

「心得ました……」

風間は、捕り方を率いて自身番に走った。

「旦那、どうやら日切りは乗り越えましたね」

音次郎は安堵を浮かべた。

「うん。だが、勝負は此からだ。行くよ……」

半兵衛は、音次郎と共に立ち去った。

夕暮れの小舟町には、暮六つ（午後六時）の鐘が鳴り響き始めた。

四

行き交う船の明かりは、浜町堀の流れに映えていた。

浜町河岸の大名屋敷は、表門前に常夜燈《じょうやとう》を連《つら》ねていた。

半兵衛、半次、音次郎、新吾は、浜町堀に架かっている組合橋の袂から高代藩江戸中屋敷を眺めた。

高代藩江戸中屋敷は、夜の暗い静けさに沈んでいた。

戌《いぬ》の刻五つ（午後八時）の鐘が、夜の静寂《しじま》に鳴り響き始めた。

「じゃあ新吾、音次郎、手筈通りにな……」

半兵衛は、不敵な笑みを浮かべた。

「はい。じゃあ……」

新吾と音次郎は頷き、組合橋を渡って高代藩江戸中屋敷脇の路地に走り込んで行った。

半兵衛と半次は見送った。

大名家は町奉行所の支配違いであり、調べるには支配の大目付を通さなければならない。

それには刻が掛かり、証拠を隠滅《いんめつ》される恐れがある。そして、何よりもおきよの命が危ないのだ。

猶予《ゆうよ》はならない……。

半兵衛は動いた。

狭い路地は暗かった。

新吾と音次郎は、高代藩江戸中屋敷の土塀に縄梯子を掛け、素早く登った。そして、土塀の上に潜んで中屋敷を眺めた。

広い庭の泉水には月影が映え、暗い奥御殿がひっそりと建っていた。そして、村岡忠輝のいる離れ家だけに明かりが灯されていた。

「見張りや見廻りはいないようだ」

新吾は見定めた。

「ええ。じゃあ……」

音次郎は、縄梯子を内側に垂らし、土塀から飛び下りた。

新吾は続いた。

奥御殿と庭の静寂は続いた。

音次郎と新吾は、庭に不審な処がないのを見定めた。そして、土蔵に向かって離れ家の横の植込みの陰を走った。


離れ家の障子には、酒を飲む二人の男の影が映えていた。

忠輝と側役の今村甚四郎……。

音次郎と新吾は、そう読みながら離れ家の横を通り過ぎた。

音次郎と新吾は、内塀の木戸を抉じ開けて幾つかの土蔵の前に出た。

「こっちだ……」

新吾は、おきよが閉じ込められている土蔵に走った。

音次郎は続いた。

「そろそろかな……」

半兵衛は、高代藩江戸中屋敷を窺った。

「はい……」

半次は頷いた。

「よし……」

半兵衛と半次は、組合橋の袂から高代藩江戸中屋敷に向かった。

高代藩江戸中屋敷の表門前には、明かりの灯された常夜燈がある。

半次は、浜町河岸に人影がないのを見定め、常夜燈に竹筒の油を掛けて火を放った。

常夜燈は燃え上がった。

「火事だ。火事だぞ……」

半兵衛と半次は、叫びながら高代藩江戸中屋敷表門脇の潜り戸を叩いた。

潜り戸が開き、中間小者や宿直《とのい》の家来たちが出て来た。

「火事だ。常夜燈が燃えているぞ……」

半次は怒鳴った。

中間小者、宿直の家来たちは慌てて燃える常夜燈の火を消そうとした。

だが、油を掛けられた常夜燈の火は容易に消えず燃え上がった。

奥御殿の様子が乱れ、男たちの足音が表御殿に向かって行った。

側役の今村甚四郎と配下の家来だ。

「新吾の旦那……」

「うん。半兵衛さんと半次の親分が表で騒ぎを起こしたようだ。行くぞ……」

新吾と音次郎は、土蔵の扉を押し開けて素早く入り込んだ。

土蔵の中は暗かった。

音次郎は、折り畳みの懐龕燈《ふところがんどう》を出して蠟燭《ろうそく》に火を灯した。

「こっちだ……」

新吾は、奥に進んだ。

音次郎は、龕燈で新吾の行く手を照らしながら続いた。

龕燈の明かりが座敷牢を照らした。

新吾は、座敷牢の格子を覗いた。

「おきよ……」

新吾は囁き掛けた。

僅かに動く人の気配がした。

音次郎は、座敷牢の中の人の気配に龕燈の明かりを向けた。

おきよが、縛られ猿轡を嚙まされて横たわっていた。

「おきよ、弥七が待っているぞ……」

音次郎は囁いた。

おきよは微かに呻いた。

新吾は、格子戸に掛けられている錠前に取り付いた。そして、錠前師の万吉が作った合鍵を出し、慎重に錠前に差し込んだ。

合鍵は引っ掛かりもせずに根元迄入った。

新吾は、合鍵を静かに廻した。

かちっ……。

小さな音が短く鳴り、錠前は開いた。

流石《さすが》は、盗賊の一味に誘われた万吉の作った合鍵だ。

新吾は、座敷牢の中に入り、横たわっているおきよの縄を切り、猿轡を外した。

おきよは大きな吐息を洩らし、窶れた顔に笑みを浮かべようとした。

「あ、ありがとう……」

「おきよ。礼は未だ早い。音次郎……」

新吾は、しゃがみ込んで背を向けた。

音次郎は、おきよを抱き起こして新吾の背に乗せた。

「しっかり摑まっていろ……」

新吾は告げた。

「はい……」

おきよは、力を振り絞って新吾にしがみついた。

新吾は、おきよを背負って座敷牢を出た。

音次郎は、新吾の足元を龕燈で照らした。

表門の常夜燈の火は漸《ようや》く消えた。

高代藩江戸中屋敷留守居番頭の梶原平内《へいない》と配下の者たちが漸く消えた火に安堵し、乱れた息を整えた。

潜り戸の傍らには、羽織袴の中年の武士と二人の若い侍がいた。

中年の武士と二人の若い侍たちは、火を消す手伝いをしなかった。

忠輝側役の今村甚四郎と配下の者たち……。

半兵衛は睨んだ。

「早々の御報せ、忝《かたじけの》うござった。此の事はどうか内密に……」

留守居番頭の梶原は、半兵衛に小判の紙包みを握らせた。

「そうですか、ならば……」

大名屋敷が火を出せば、公儀の咎《とが》めは計り知れない。

大騒ぎをせず、なかった事にしたい……。

半兵衛は梶原の腹の内を読み、小判の紙包みを袂に入れた。

「では……」

梶原たち留守居番の家来は、燃え落ちた常夜燈の残骸の片付けを小者たちに命じて中屋敷内に戻って行った。

今村甚四郎と二人の配下は、既に姿を消していた。

半兵衛は苦笑した。

「旦那……」

半次が近寄って来た。

「どうだ……」

「無事に。小川橋《おがわばし》の船着場に……」

半次は、浜町堀の組合橋の北にある小川橋を示した。

「よし……」

半兵衛と半次は、小川橋の船着場に急いだ。

表御殿から奥御殿に続く廊下は長かった。

側役の今村甚四郎は、二人の配下を従えて表御殿から奥御殿の離れ家の廊下に進んだ。

何故だ。何故、常夜燈は燃えたのだ……。

今村は、燃える常夜燈から昇る黒い煙を思い出した。
油か……。
何者かが油を掛けて火を付けた。
もし、そうだとしたら何故だ……。
今村は立ち止まった。
二人の配下は、怪訝に顔を見合わせた。
「座敷牢だ……」
今村は、座敷牢に向かった。
二人の配下は慌てて続いた。
暗い座敷牢におきよはいなく、解《ほど》かれた縄と猿轡が残されていた。
やはり……。
おきよは、常夜燈に火を付けた者に連れ去られたのだ。
「おのれ……」
今村甚四郎は、怒りに顔を醜《みにく》く歪《ゆが》めた。

浜町堀に架かる小川橋の船着場には、屋根船が繋がれていた。

船着場には勇次、音次郎、新吾がいた。

半兵衛と半次が、小川橋の袂の石段を駆け下りて来た。

「良くやってくれたな」

半兵衛は、音次郎と新吾に笑い掛けた。

「どうって事はありません」

新吾は、誉められて嬉しげに笑った。

「して、おきよは……」

「今、弥七が身体を拭いてやっています」

勇次が微笑んだ。

「そうか……」

半兵衛は頷いた。

弥七は、窶れ汚れたおきよの顔と身体を濡れ手拭で拭いてやり、勇次の用意してくれていた新しい肌着と浴衣《ゆかた》に着替えさせた。

「おきよちゃん、良かった。本当に無事で良かった……」

弥七は、おきよの手を取って泣いて喜んだ。

「弥七さん……」

おきよは、窶れた顔を懸命に綻《ほころ》ばせようとした。

「弥七……」

障子の外から半兵衛の声がした。

「白縫さま……」

「邪魔をするよ」

「はい……」

弥七は、慌てて涙を拭った。

障子を開け、半兵衛が入って来た。

「おきよの具合はどうだ」

「はい。お陰さまで怪我はしておりません」

「そいつは良かった。おきよ、無事で何より、良く頑張ったね」

「ありがとうございます」

おきよは、半兵衛に深々と頭を下げた。

「おきよ、礼は左平を斬った奴をお縄にしてからだ……」

「は、はい……」

おきよは、哀しげに頷いた。

「それ迄、弥七と一緒に身を隠しているんだ。いいね」

半兵衛は微笑んだ。

「はい……」

おきよは頷いた。

「よし。じゃあ弥七。後は音次郎と勇次の云う通りにな……」

「はい。ありがとうございました」

弥七は、半兵衛に深々と頭を下げた。


半兵衛は、屋根船を降りた。

「じゃあ音次郎……」

「はい……」

音次郎は、屋根船の舳先《へさき》に乗った。

「勇次、頼む……」

半兵衛は、勇次を促した。

勇次は頷き、屋根船を船着場から離した。

「承知……」

半兵衛、半次、新吾は見送った。

勇次の操る屋根船は、音次郎、弥七、おきよを乗せて大川に向かって行った。

「残るは村岡忠輝と今村甚四郎ですか……」

新吾は眉をひそめた。

「うん。錺職の左平を斬り殺し、おきよを拐《かどわ》かした罪、必ず償《つぐな》わせてやるよ」

半兵衛は、冷たい笑みを浮かべた。

浜町堀に映える月影は揺れ、長い一日は終わった。


翌日早く、北町奉行所吟味方与力大久保忠左衛門は、三味線堀の信濃国高代藩江戸上屋敷を訪れて江戸御留守居役に逢った。そして、錺職の左平の斬殺と娘おきよ連れ去り事件は、村岡忠輝と側役の今井甚四郎の所業《しよぎよう》だと、江戸留守居役に告げた。

高代藩江戸御留守居役は仰天した。

忠左衛門は、村岡忠輝と今村甚四郎を高代藩から放逐《ほうちく》しなければ、公儀大目付と評定所《ひょうじょうしょ》に訴状《そじょう》を出すと、筋張った細い首を伸ばして云い放った。

藩主一族の者の悪行となると、高代藩に対する公儀のお咎めは計り知れない……。

高代藩は藩主と重臣たちが急遽《きゅうきょ》集まり、村岡忠輝と今村甚四郎を藩から放逐する事に決めた。

村岡忠輝と今村甚四郎は、高代藩江戸中屋敷から追放された。

高代藩江戸中屋敷の潜り戸が開き、村岡忠輝と今村甚四郎が出て来た。

潜り戸は直ぐに閉められた。

「どうする甚四郎……」

忠輝は、今村に縋る眼差しを向けた。

「最早《もはや》、主でもなければ家来でもない。好きにするんですな」

今村は、忠輝に冷たく云い放った。

「甚四郎……」

忠輝は、怒りを浮かべた。

「好い加減にするんだな……」

半兵衛が、浜町堀に架かる組合橋からやって来た。

今村は、素早く辺りを見廻した。

浜町河岸の左右に半次と新吾が現れた。

今村は身構えた。

忠輝は、今村の陰に隠れた。

「村岡忠輝、今村甚四郎、錺職の左平殺しと娘のおきよを拐かした罪で神妙にお縄を受けて貰うよ」

半兵衛は告げた。

「企《くわだ》ての張本人は忠輝だ。俺は命じられてやった迄だ……」

今村は、腹立たしげに吐き棄てた。

「今村、今更遅いんだよ」

半兵衛は苦笑した。

今村は、刀を抜き放った。

半兵衛は、刀を抜いた今村に無造作《むぞうさ》に近寄った。

「おのれ……」

今村は焦り、半兵衛に斬り掛かった。

半兵衛は、僅かに腰を沈めて刀を一閃《いっせん》した。

甲高い金属音が響いた。

今村の刀は煌めいて飛び、浜町堀に水飛沫《みずしぶき》をあげて落ちた。

今村は立ち竦《すく》んだ。

半兵衛は、刀を素早く鞘に納めた。

半次と新吾は、忠輝と今村を取り押さえて縄を打った。

半兵衛は、浪人となった村岡忠輝と今村甚四郎を捕らえた。

村岡忠輝と今村甚四郎は死罪となった。

小舟町の自身番に立て籠もった弥七は、おきよが回復したのを見届けて北町奉行所に出頭した。

大久保忠左衛門は、半兵衛と相談して弥七を江戸払いにした。

江戸払いとは、高輪《たかなわ》、板橋《いたばし》、四ツ谷《よつや》、千住《せんじゅ》の大木戸《おおきど》以内に住む事を禁じられた刑だ。

弥七は、おきよと共に江戸から出て行った。

「旦那、弥七の一件、知らん顔をする訳にはいかなかったんですか……」

音次郎は、不満を滲ませた。

「音次郎、自身番に派手に立て籠もったんだ。幾《いく》ら旦那でも知らん顔は出来ないぜ」

半次は苦笑した。

「そりゃあそうかもしれませんが……」

音次郎は、不満を募らせた。

「音次郎、世間が知った限り、私たちが知らん顔をしても手遅れだ……」

半兵衛は苦笑した。

「手遅れですか……」

音次郎は肩を落とした。

「うむ。手遅れになった以上、弥七がおきよと所帯を持って幸せに暮らして行くには、人質を取って自身番に立て籠もった罪を償わなければならないさ……」

半兵衛は微笑んだ。

知らぬ顔は、出来ない時もあれば、しない方が良い事もある……。

半兵衛は、弥七とおきよの幸せを祈った。

第三話　こそ泥

一

金龍山浅草寺《きんりゅうざんせんそうじ》の境内は、多くの参拝客で賑わっていた。

半兵衛は、半次や音次郎と境内の隅の茶店で茶を飲んでいた。

浅草寺は、半兵衛の市中見廻りの幾つかある道筋の一つだ。

「相変わらずの賑わいですね……」

音次郎は、茶を啜《すす》りながら境内を行き交う参拝客を眺めていた。

「うん……」

半兵衛は頷いた。

「旦那……」

半次が囁いた。

「どうした……」

「斜向かいの茶店……」

半次は、行き交う参拝客越しに斜向かいの茶店を見ていた。

半兵衛は、半次の視線を追った。

音次郎が続いた。

「縁台の左端に腰掛けている縞《しま》の半纏の野郎、こそ泥の紋次《もんじ》ですぜ」

半次は、縞の半纏を着た痩せて小柄な男を見詰めていた。

「こそ泥の紋次……」

半兵衛は眉をひそめた。

「ええ。本人は一端《いっぱし》の盗人を気取っていますがね、置引き、万引《まんびき》のこそ泥です」

半次は苦笑した。

紋次は、縁台に腰掛けて隣の大年増と話をしている白髪頭の旦那の様子を窺っていた。

「一働きする気かな……」

半兵衛は読んだ。

「ええ。狙いは、きっと白髪頭の旦那の巾着袋《きんちゃくぶくろ》でしょう」

半次は、白髪頭の旦那の傍に置いてある巾着袋を示した。

巾着袋……。

半兵衛、半次、音次郎は見守った。

紋次は、巾着袋に手を伸ばした。

刹那《せつな》、白髪頭の旦那が後ろ手に巾着袋を取り、縁台から立ち上がった。

紋次は、素早く手を引いた。

白髪頭の旦那は茶代を払い、隣の大年増と挨拶を交わして茶店を出た。

紋次は、続いて茶店を出た。

「紋次、追うようですね」

半次は読んだ。

「どうしますか……」

音次郎は、半兵衛の指示を仰いだ。

「よし。尾行てみよう」

半兵衛は、縁台から立ち上がった。

参道には多くの人が行き交っていた。

白髪頭の旦那は、羽織の裾を翻《ひるがえ》して参道を雷門《かみなりもん》に進んだ。

紋次は尾行た。
半次と音次郎は紋次を追い、半兵衛が続いた。
白髪頭の旦那は、参道の途中の辻を東に曲がった。
紋次は尾行た。
半次と音次郎は追った。
東には浅草花川戸町《あさくさはなかわどちょう》があり、隅田川《すみだがわ》が流れている。
半兵衛は続いた。

白髪頭の旦那は、浅草花川戸町に出て裏通りに進んだ。
紋次は、追って裏通りに入った。
半次と音次郎は続いた。

隅田川は滔々《とうとう》と流れていた。
紋次は、裏通りから隅田川沿いの道に出て立ち止まった。
白髪頭の旦那が、隅田川を背にして佇《たたず》んでいた。
紋次は、戸惑いを浮かべた。

白髪頭の旦那は、薄笑いを浮かべた。

穏やかだった顔は、酷薄《こくはく》さを滲ませた凄味《すごみ》のあるものに変わった。

紋次は、慌てて裏通りに戻ろうとした。

二人の男がいつの間にか背後にいた。

紋次は怯《ひる》み、立ち尽くした。


半次は、裏通りの出口で不意に立ち止まった。

「親分……」

続いて来た音次郎が戸惑った。

「見ろ……」

半次は、隅田川沿いの道を示した。

隅田川沿いの道では、紋次が白髪頭の旦那と二人の男に取り囲まれていた。

「あっ……」

音次郎は驚いた。

「静かにしろ……」

半次は、紋次や白髪頭の旦那たちを窺いながら制した。

「どうした……」

半兵衛がやって来た。

「お前、何処の誰だい……」

白髪頭の旦那は、紋次を厳しく見据えた。

「いえ、そんな。名乗る程のもんじゃありません……」

紋次は怯え、必死に作り笑いを浮かべた。

「じゃあ、どうして俺の巾着袋を狙った」

白髪頭の旦那は、紋次が巾着袋を盗もうとしていたのに気が付いていた。

「それは、つい出来心で、はい……」

「出来心……」

「は、はい……」

紋次は、何度も頷いた。

「そうか……」

白髪頭の旦那は嘲笑《ちようしよう》した。

「じゃあ旦那……」

二人の男は、白髪頭の旦那に指示を仰いだ。

「うむ。竜吉《りゆうきち》、喜助《きすけ》……」

白髪頭の旦那は、竜吉、喜助と呼んだ二人の男に冷笑を浮かべて見せた。

竜吉と喜助は頷いた。

白髪頭の旦那は、隅田川沿いの道を南にある吾妻橋《あづまばし》に向かった。

「お、お騒がせして申し訳ありませんでした」

紋次は、頭を下げて見送った。

次の瞬間、喜助は紋次を羽交《はが》い締《じ》めにした。

「な、なんでえ……」

紋次は驚き、踠《もが》いた。

竜吉が、羽交い締めにした紋次を殴った。

紋次は、仰《の》け反《ぞ》り倒れた。

竜吉と喜助は、倒れた紋次を容赦《ようしや》なく殴り蹴り廻した。

紋次は、頭を抱えて転げ廻った。

竜吉と喜助は、ぐったりとした紋次を担《かつ》ぎ上げて隅田川に運んだ。

「止めろ、助けて、助けてくれ……」

紋次は、竜吉と喜助の腹の内に気付き、逃れようと必死に踠いた。だが、竜吉と喜助は、紋次を隅田川に投げ込もうとした。

「そこ迄だ……」

厳しい声が背後から投げ掛けられた。

竜吉と喜助は振り返った。

半兵衛が佇んでいた。

竜吉と喜助は怯んだ。

「隅田川に放り込むとは、穏やかじゃあないな……」

半兵衛は笑い掛けた。

竜吉と喜助は、抱えていた紋次から手を離した。

紋次は、地面に落ちて呻《うめ》いた。

「大丈夫か、紋次……」

「へい……」

「旦那、此奴は泥棒でして、ちょいと懲《こ》らしめようと思いましてね」

竜吉と喜助は、云い繕《つくろ》った。

「ほう、泥棒か。それにしても只事《ただごと》じゃあない。お前たち、何処の誰だい……」

「そいつは御勘弁を。御免なすって……」

竜吉と喜助は、半兵衛に頭を下げてそそくさと立ち去った。

半兵衛は、苦笑して見送った。

「旦那、お陰で助かりました。ありがとうございます……」

紋次は、腰を摩《さす》りながら立ち上がり、半兵衛に深々と頭を下げた。

「うむ。お前、何を盗もうとしたんだ」

「旦那、あっしは盗人なんかじゃありません。奴らが勝手に因縁《いんねん》を付けて来たんです」

紋次は惚《とぼ》けた。

「ほう。そうなのか……」

「へい。本当に乱暴な奴らですよ。旦那、本当にありがとうございました。じゃあ、御免なすって……」

紋次は、半兵衛に深々と頭を下げて裏通りに戻って行った。

物陰から音次郎が現れ、半兵衛に目礼して紋次を追って行った。

さあて、何があるのか……。

半兵衛は、紋次と音次郎を見送った。

隅田川を吹き抜ける川風は、半兵衛の鬢《びん》の解《ほつ》れ毛《げ》を揺らした。

隅田川に架かっている吾妻橋は、浅草と北本所《きたほんじょ》を結んでいる。

吾妻橋を渡った白髪頭の旦那は、肥後国熊本新田藩《ひごのくにくまもとしんでんはん》江戸下屋敷の前を南に曲がり、大川沿いの道を両国橋に向かった。

半次は、充分な距離を取って白髪頭の旦那を尾行た。

白髪頭の旦那は、北本所の三叉路《さんさろ》を公儀御竹蔵《こうぎおたけぐら》の裏に続く道に進んだ。

その足取りに油断はなく、時々立ち止まっては振り返った。

堅気《かたぎ》じゃあない……。

半次は睨み、慎重に尾行した。

白髪頭の旦那は、公儀御竹蔵の裏手を抜けて本所竪川《たてかわ》に進んだ。

半次は尾行た。

浅草広小路は賑わっていた。

紋次は、広小路を抜けて東本願寺《ひがしほんがんじ》に進んだ。

音次郎は尾行た。

紋次は、擦れ違う女を振り返りながら東本願寺前から新寺町《しんてらまち》に向かった。

新寺町の通りを西に進めば、東叡山寛永寺に出る。

となると行き先は下谷広小路か不忍池、それとも神田明神か湯島天神か……。

音次郎は、想いを巡らせながら紋次を追った。


本所竪川には、荷船の船頭の唄う歌が長閑《のどか》に響いていた。

白髪頭の旦那は、竪川に架かっている二《ふた》つ目之橋《めのはし》を渡って萬徳山《まんとくざん》弥勒寺《みろくじ》門前を抜け、弥勒寺橋に進んだ。

弥勒寺橋は、本所竪川と深川《ふかがわ》小名木川《おなぎがわ》を南北に結ぶ六間堀《ろっけんぼり》に続く五間堀《ごけんぼり》に架かっている。

白髪頭の旦那は弥勒寺橋を渡り、袂の北森下町《きたもりしたちよう》の商人宿に入った。

半次は、弥勒寺橋の袂から見送った。

商人宿には『松葉屋《まつばや》』と書かれた古い看板が掲げられていた。

商人宿の松葉屋……。

半次は見張った。

僅かな刻が過ぎ、竜吉と喜助が足早にやって来て商人宿『松葉屋』に入って行った。

半次は見届けた。

陽は大きく西に傾き、五間堀の流れを鈍色《にびいろ》に輝かせた。

不忍池に夕陽は映えた。

上野元黒門町《うえのもとくろもんちょう》の小料理屋『若菜《わかな》』は、未だ暖簾《のれん》を出してはいなかった。

紋次は、暖簾を出していない小料理屋『若菜』に入ったままだった。

音次郎は見張った。

開店前の小料理屋に入るのは、店の者と親しいか、急ぎの用がある時ぐらいだ。

紋次は、小料理屋『若菜』に何の用で来たのだ。そして、小料理屋『若菜』はどのような店なのだ。

音次郎は、見張りを続けた。

夕陽は沈む。

囲炉裏の火は燃えた。

「北森下町の商人宿の松葉屋か……」

半兵衛は、湯呑茶碗の酒を飲んだ。

「はい。弥勒寺橋の南詰です」

半次は告げた。

「して、竜吉と喜助も後から行ったんだな」

「ええ。で、北森下町の木戸番の父っつあんに訊いたのですが、松葉屋は古くからある商人宿ですが、去年の春に吉五郎《きちごろう》って川越《かわごえ》の織物問屋《おりものどんや》の旦那が居抜きで買い、商いを続けているそうですぜ」

「川越の織物問屋の吉五郎か……」

半兵衛は眉をひそめた。

「ええ。それで、吉五郎は白髪頭だとか……」

半次は、半兵衛を見詰めて告げた。

白髪頭の旦那は、商人宿『松葉屋』の主で川越の織物問屋の吉五郎だった。

「そうか。して、松葉屋の商いの方はどうなんだ」

「はい。以前より客は少ないようですが、川越の織物問屋から来る者たちが定《じょう》宿《やど》にしており、それなりに営んでいるとか……」

半次は、湯吞茶碗の酒を飲んだ。

「そうか。して音次郎、紋次はどうした」

「はい。あれから、上野元黒門町の若菜って小料理屋に行きましてね」

「元黒門町の若菜か……」

「はい。宗吉《そうきち》って板前がおせんって娘と営んでいる店でしてね。馴染客《なじみきやく》も多く、評判も良いようです」

音次郎は告げた。

「して、紋次はどうした……」

「そいつが、娘のおせんが暖簾を出して店を開けたら、神田明神門前町の盛り場の居酒屋に行って安酒を飲み、明神下の長屋に帰りました」

音次郎は、紋次の住む長屋を突き止めた。

「そうか……」

紋次のようなこそ泥は、馴染客の多い小料理屋『若菜』で酒が飲み難《にく》いのかもしれない。

半兵衛は睨んだ。

「で、音次郎、若菜の宗吉って板前の旦那はどんな人なんだ」

半次は尋ねた。

「仔細《しさい》は未だ……」

「そうか……」

「ま、何《いず》れにしろ、商人宿の松葉屋の吉五郎は堅気ではない。そして、こそ泥の紋次が吉五郎の巾着袋を狙ったのは、何か訳があっての事だと思える……」

半兵衛は読んだ。

「暫く様子を見ますか……」

「うん。半次は吉五郎、音次郎は紋次をな」

半兵衛は命じた。

「はい……」

半次と音次郎は頷いた。

「私は、若菜の宗吉を調べてみるよ」

半兵衛は、湯呑茶碗に酒を注いだ。

囲炉裏の火は燃え、壁に映える半兵衛、半次、音次郎の影は揺れた。

神田明神下の長屋は亭主たちが仕事に出掛け、おかみさんたちの洗濯の時も過ぎて静けさが訪れていた。
音次郎は、木戸の陰から紋次の家を見張った。
紋次は、おかみさんの洗濯が終わるのを見計らったように井戸端に現れ、顔を洗った。
間もなく出掛ける……。
音次郎は読んだ。
僅かな刻が過ぎ、紋次が縞の半纏を着て家から出て来た。
音次郎は見守った。
紋次は、軽い足取りで長屋を出た。
音次郎は追った。

弥勒寺の鐘が巳《み》の刻四つ（午前十時）を報せた。
半次は、弥勒寺の横手の物陰に佇み、五間堀越しに商人宿『松葉屋』を見張った。
商人宿『松葉屋』からは、泊まり客の行商人たちが荷物を背負って商いに出掛けた。

吉五郎、竜吉、喜助たちが、姿を見せる事はなかった。

半次は、辛抱強く見張った。

弥勒寺橋の下の船着場に繋がれた猪牙舟《ちょきぶね》は小さく揺れ、笹舟が心細げに五間堀を流れて行った。

刻が過ぎた。

商人宿『松葉屋』は、暖簾を微風《そよかぜ》に揺らしていた。

弥勒寺橋の南詰に紋次が佇んだ。

紋次だ……。

半次は、五間堀越しに紋次を見守った。

「親分……」

音次郎が、半次の許にやって来た。

「おお、紋次を追って来たか……」

「はい。あそこですか、商人宿の松葉屋……」

音次郎は、五間堀の向こうの商人宿『松葉屋』を眺めた。

「ああ。それにしても紋次の奴、何しに来たのかな……」

半次は眉をひそめた。

「まさか、隅田川に放り込まれそうになった仕返しですかね……」

音次郎は、紋次に戸惑いの眼差しを向けた。

紋次は、何気ない振りをして商人宿『松葉屋』に近付き、中を窺った。

「紋次の奴、危ない真似をしやがる……」

半次は苦笑した。

紋次は、慌てて物陰に隠れた。

「親分……」

音次郎は、商人宿『松葉屋』から出て来た竜吉を示した。

竜吉は、弥勒寺橋を渡って竪川に向かった。

紋次は、物陰を出て追った。

「じゃあ親分……」

「うん。気を付けてな……」

「はい……」

音次郎は、竜吉を尾行る紋次を追った。

半次は見送り、再び商人宿『松葉屋』を見張り始めた。

竜吉は、竪川に架かっている二つ目之橋を渡って御竹蔵裏の道を北に進んだ。
紋次は追い、音次郎は続いた。
此のまま進めば、大川沿いの道に出て吾妻橋に出る。
浅草に行くのか……。
音次郎は読んだ。

吾妻橋には多くの人が行き交っていた。
竜吉は、浅草に向かって吾妻橋を進んだ。
紋次は尾行た。
音次郎が続いた。
浅草から町方同心と岡っ引がやって来た。
竜吉は、脇に寄って擦れ違おうとした。
「盗賊だ。お役人、盗賊の竜吉だ……」
紋次が、竜吉を指差して大声で叫んだ。
竜吉は狼狽えた。
同心と岡っ引が、竜吉に摑み掛かった。

竜吉は、必死に抗《あらが》った。

紋次は騒ぎ立てた。

音次郎は呆気《あっけ》に取られた。

竜吉は、同心たちに追い詰められて吾妻橋から隅田川に身を躍《おど》らせた。

水飛沫《みずしぶき》があがった。

「舟だ……」

同心たちは、吾妻橋の船着場に急いだ。

紋次は、薄笑いを浮かべてその場を離れた。

音次郎は、慌てて紋次を追った。

二

不忍池の弁財天は参拝客で賑わっていた。

半兵衛は、上野元黒門町の自身番を訪れた。

「ああ、小料理屋の若菜ですか……」

自身番の家主は、小料理屋『若菜』を知っていた。

「うん。父親と娘が営んでいるそうだね」

「ええ。板前で旦那の宗吉さんとおせんさんって娘がやっていますが、白縫さま、若菜が何か……」

家主は、心配そうな眼を向けた。

「いや。馴染客も多くて評判も良いそうだから、どんな店かと思ってね」

半兵衛は笑った。

「そうですか……」

「して、若菜はいつ頃からやっているのかな」

「そうですねえ。もう二年になりますか……」

「へえ。二年で馴染客も多く、評判も良いとなると、酒や料理、かなり美味《うま》いんだね」

「そりゃあもう。宗吉さん、腕の良い板前ですし、穏やかな人ですからね……」

家主は褒めた。

こそ泥の紋次が、評判の良い宗吉が主の小料理屋『若菜』に開店前から出入りしている。

半兵衛は、微かな戸惑いを覚えた。

「処で、若菜の馴染で紋次ってのはいるかな」

半兵衛は尋ねた。

「紋次ですか……」

「うん。縞の半纏を着た若い男だが……」

「さあ。若菜の馴染は御武家やお店の御隠居、職人の親方なんかの年寄りが多くて、若い男はいないと思いますけど……」

家主は首を捻った。

「そうか。馴染にいないか……」

半兵衛は知った。

宗吉と紋次は、小料理屋の主と馴染客の拘わりではない。

ならば、どう云う拘わりなのだ……。

半兵衛は、宗吉と紋次の拘わりが気になった。

商人宿『松葉屋』を出た吉五郎は、喜助を従えて弥勒寺橋を渡って竪川に向かった。

半次は尾行た。

吉五郎は巾着袋を手にし、喜助と竪川沿いの道を大川に向かった。そして、竪川に架かっている一つ目之橋を渡り、両国橋に向かった。

大川に架かっている両国橋は、本所と両国広小路を結んでいる。

吉五郎と喜助は両国橋を渡り、神田川沿いの柳原通りに進んだ。

半次は追った。

吉五郎と喜助は、柳原通りを進んで神田八ツ小路に向かった。


神田八ツ小路は賑わっていた。

吉五郎と喜助は、片隅にある茶店に入って縁台に腰掛け、茶を頼んだ。

半次は見守った。

吉五郎と喜助は辺りを見廻し、人待ち顔で茶を飲み始めた。

半次は茶店に入り、茶を頼んで吉五郎と喜助の近くに腰掛けた。

僅かな刻が過ぎた。

「茶を貰おうか……」

初老の男が、吉五郎の隣に腰掛けて茶を注文した。

吉五郎は、初老の男を一瞥した。

「弥勒寺橋のお人ですかな……」

初老の男は、吉五郎に囁いた。

「お前さんは……」

吉五郎は、初老の男に探る眼を向けた。

初老の男は、懐から牛頭馬頭《ごずめず》の牛頭を描いた紙を出して見せた。

〝牛頭馬頭〟とは、牛頭人身と馬頭人身の地獄の獄卒《ごくそつ》を云った。

吉五郎は、巾着袋から馬頭を描いた紙を出した。

初老の男は、牛頭の紙と馬頭の紙を合わせた。

牛頭と馬頭の紙はぴたりと合い、一枚の紙になった。

初老の男は、吉五郎に薄笑いを浮かべて頷いた。そして、懐から二寸四方の小さな油紙の包みを出して吉五郎に渡した。

吉五郎は、油紙の包みを僅かに開き、中の品物を見定めた。

「間違いないね……」

吉五郎は、初老の男を鋭く見据えた。

「今頃、そいつが心配かな……」

初老の男は苦笑した。

「いや。念を入れてみただけだよ」

吉五郎は、油紙の包みを巾着袋に入れた。

「じゃあ、これで……」

初老の男は、茶を飲み干して茶店を出て行った。

吉五郎は見送り、冷えた茶を飲み干した。

半次は、初老の男を追った。

吉五郎と初老の男は、割符《わりふ》を出して小さな油紙の包みの受け渡しをした。

こそ泥の紋次が吉五郎の巾着袋を盗もうとしたのは、割符を狙っての事なのかもしれない。

半次は気が付いた。

何《いず》れにしろ、小さな油紙の包みの中身は何なのか……。

半次は、初老の男の素性を突き止めて小さな油紙の包みの中身を知ろうとした。

初老の男は、八ツ小路から神田連雀町《かんだれんじやくちよう》に入った。

半次は尾行た。

初老の男は、尾行る者を警戒する様子もなく連雀町から三河町《みかわちよう》に進んだ。

半次は、慎重に追った。
初老の男は、三河町三丁目にある小さな古い薬種屋に入った。
半次は見届けた。
小さな古い薬種屋……。
半次は、小さな古い薬種屋の屋号を窺った。
薬種屋『延命堂《えんめいどう》』……。
半次は、古びた看板に書かれた墨の薄れた屋号を辛うじて読んだ。
初老の男は、薬種屋『延命堂』の主なのかもしれない。
となると、初老の男が吉五郎に渡した二寸四方の油紙の包みは薬なのだ。
割符を使って相手の素性を確かめ、渡す程の薬は毒薬なのかもしれない。
毒薬……。
半次は、己の睨みに緊張した。

上野元黒門町の小料理屋『若菜』は、店を開ける仕度をしていた。
主で板前の宗吉は近在の百姓が売りに来た野菜を吟味して買い、娘のおせんは店の中や表の掃除をしていた。

半兵衛は、物陰から見守った。

宗吉は、百姓と親しげに言葉を交わしながら値切りもせずに野菜を買い、おせんは丁寧に隅々《すみずみ》迄掃除をしていた。

穏やかでまっとうな父娘……。

半兵衛は読んだ。

そんな宗吉おせん父娘とこそ泥の紋次は、どんな拘わりなのだ。

半兵衛の疑念は募った。


浅草寺の境内は、相変わらず賑わっていた。

紋次は、仁王門《におうもん》の傍に佇んで参拝客や遊山《ゆさん》の客を眺めた。

鴨を見繕《みつくろ》っているのか……。

音次郎は見守った。

紋次が動いた。

音次郎は追った。

紋次は人混みを抜け、茶店にいる大年増に近付いた。

大年増は、縁台に腰掛けて人待ち顔で茶を飲んでいた。

紋次は、茶店の向かい側の物陰に潜み、茶店にいる大年増を見張り始めた。

音次郎は見覚えがあった。

昨日、茶店で吉五郎と話をしていた大年増だった。

音次郎は気が付いた。

何処の誰なのだ……。

音次郎は、大年増の身形《みなり》からお店のお内儀だと読んだ。

こそ泥の紋次は、お店のお内儀と思える大年増から何かを盗もうとしているのか……。

音次郎は、紋次の動きを読んだ。

紋次は、大年増に近付きもせずに見張り続けた。

大年増は待っている相手が来ないのか、辺りを見廻して苛立《いらだ》ちを浮かべた。

ひょっとしたら、大年増の待っている相手は、同心に捕らえられそうになって隅田川に飛び込んだ竜吉なのかもしれない。

音次郎は読んだ。

申《さる》の刻七つ（午後四時）の鐘が鳴った。

大年増は、苛立たしげに縁台から立って茶店を出た。

紋次は追った。

音次郎は続いた。

雷門を出た大年増は、浅草広小路を抜けて東本願寺に向かった。

紋次が追い、音次郎が尾行た。

こそ泥の紋次が見張り、尾行る大年増はどのような素性なのだ。

紋次は、尾行て何をするつもりなのだ。

そうした事に、商人宿『松葉屋』の吉五郎たちは拘わりがあるのか……。

音次郎は、様々な疑念を募らせて大年増を追う紋次を尾行た。


夕暮れ時が近付いた。

上野元黒門町の小料理屋『若菜』は、戸口に盛り塩をして暖簾を出した。

半兵衛は、黒紋付羽織を木戸番に預けて着流し姿になり、小料理屋『若菜』を訪れた。

「いらっしゃいませ……」

片袖だけを絡《から》げた襷《たすき》の若い女は、微笑みを浮かべて半兵衛を迎えた。

娘のおせんだ……。

半兵衛は見定め、片隅に座って酒を頼んだ。

「はい。肴《さかな》は如何《いかが》します」

おせんは尋ねた。

「お勧めは何かな……」

「今夜は鯰《なまず》の良いのが入っていましてね。付け焼きがお勧めです」

「へえ、鯰の付け焼きか。じゃあそいつと大根の煮付けを貰おうかな……」

半兵衛は注文をした。

「はい。じゃあ、ちょいとお待ち下さい」

おせんは、注文を取って板場に入って行った。

半兵衛は、店内を見廻した。

華美な飾りのない落ち着いた店内では、既に隠居らしい禿頭《とくとう》の年寄りが一人で酒を飲んでいた。

「お侍、若菜の肴は何でも美味いですよ」

禿頭の隠居が笑った。

「うん。そんな評判を聞いてね……」

半兵衛は笑みを浮かべた。

「お待たせしました」

おせんは、湯気を漂わせる徳利と猪口を持って来た。

「おう……」

半兵衛は、嬉しげに迎えた。

「さあ、どうぞ……」

おせんは、半兵衛に猪口を渡して徳利を差し出した。

「おお。こいつは嬉しいねえ」

半兵衛は、おせんの酌を受けて酒を飲んだ。

「美味い……」

半兵衛は、思わず呟《つぶや》いた。

「良かった、お口に合って。さあ……」

おせんは酌をした。

「おう、おせん……」

板場から男の嗄れ声がした。

「はい……」

おせんは、板場に入って行った。

「美味い酒だね」

半兵衛は感心した。

「ええ。旦那で板前の宗吉さんが吟味した酒ですから……」

禿頭の隠居は笑った。

「お待たせしました」

おせんと痩せた年寄りが、鯰の付け焼きと大根の煮付けを持って来た。

宗吉だ……。

半兵衛は見定めた。

「鯰の付け焼きと大根の煮付けです」

宗吉は、半兵衛の前に鯰の付け焼きと大根の煮付けを置いた。

「これはこれは……」

半兵衛は、鯰の付け焼きを食べた。

鯰の付け焼きは、垂《た》れも美味く山椒《さんしょう》が利いていた。

「流石《さすが》に美味いね」

半兵衛は微笑んだ。

「こいつはどうも……」

宗吉は、穏やかな笑みを浮かべた。

「お邪魔しますよ」

白髪頭の大工の棟梁が入って来た。

「あっ、いらっしゃい、棟梁……」

おせんは迎えた。

「じゃあ、お侍さんごゆっくり……」

半兵衛に挨拶をした宗吉は、訪れた棟梁や禿頭の隠居と軽口を交わして板場に戻って行った。

小料理屋『若菜』は、温かさと穏やかさに満ちていた。

とても、こそ泥の紋次と拘わりがあるとは思えない……。

半兵衛は困惑を募らせながらも、酒と料理を楽しんだ。

酒と料理は美味かった。

下谷広小路に行き交う人は途絶え、連なる店は大戸を閉めた。

音次郎は、上野新黒門町《しんくろもんちょう》にある老舗《しにせ》扇屋の『玉風堂《ぎょくふうどう》』を窺っている紋次を見守った。

浅草広小路から戻った大年増は、老舗扇屋『玉風堂』の奉公人たちに迎えられた。

大年増は、老舗扇屋『玉風堂』のお内儀なのだ。

紋次は、薄笑いを浮かべて老舗扇屋『玉風堂』を窺い、湯島天神裏門坂道《うらもんざかみち》に向かった。

明神下の長屋に帰るのか……。

音次郎は紋次を見送り、木戸番屋に走った。

老舗扇屋『玉風堂』のお内儀は、おたえと云う名だった。

紋次は、おたえを尾行て素性を突き止めたのか……。

音次郎は想いを巡らせた。

何れにしろ、老舗扇屋『玉風堂』のお内儀おたえは、深川の商人宿『松葉屋』の吉五郎と何らかの拘わりがある。そして、こそ泥の紋次と敵対しているのだ。

音次郎は読んだ。

音次郎は、紋次の行動と老舗扇屋『玉風堂』のお内儀おたえの事を半兵衛と半次に報せた。

「竜吉を同心に捕らえさせようとするとはな……」

半兵衛は苦笑した。

「それで竜吉、慌てて隅田川に飛び込んだのですが……」

「土左衛門《どざえもん》があがったとか、お縄にしたって話は聞かないよ」

半兵衛は告げた。

「じゃあ竜吉、上手《うま》く逃げましたか……」

音次郎は苦笑した。

「して音次郎。紋次は、昨日吉五郎と話をしていた大年増を見張り、後を尾行て、上野新黒門町の老舗扇屋玉風堂のお内儀のおたえだと突き止めたか……」

「はい……」

「じゃあ音次郎、こそ泥の紋次も大年増が玉風堂のお内儀だとは知らなかったんだな」

半次は訊いた。

「はい、きっと……」

音次郎は頷いた。

「旦那、玉風堂のお内儀おたえ、吉五郎とどんな拘わりなんですかね……」

「気になるのはそこだな。して音次郎、紋次はどうした」

「帰りに明神下の長屋に廻ったんですが、紋次の家に明かりが灯されていましてね。家に帰っていました」

「そうか……」

「はい……」

音次郎は頷いた。

「して半次、吉五郎は八ツ小路の茶店で薬屋と落ち合い、割符を使って毒薬を受け取ったのか……」

「はい、間違いないでしょう」

「毒薬ねえ……」

半兵衛は眉をひそめた。

「毒薬、ひょっとしたら玉風堂のおたえと拘わりがあるのかも……」

半次は読んだ。

「うむ……」

「それにしても旦那。こそ泥の紋次、何をしているんですかね」

音次郎は首を捻った。

「そいつなんだが、おそらく何者かに命じられて動いているんだろうな」

半兵衛は読んだ。

「じゃあ、その何者かが、吉五郎と揉め事でも起こし、紋次を使っていろいろと邪魔をしようとしてますか……」

「きっとな……」

「じゃあ、吉五郎が何をしているかですね」

半次は眉をひそめた。

「毒だな……」

半兵衛は告げた。

「毒……」

半次は、戸惑いを浮かべた。

「ああ。毒は薬でもあるが、殆どの毒の使い道は只一つ。命を獲《と》る事だ」

半兵衛は、小さな笑みを浮かべた。

「まさか、吉五郎の野郎……」

半次と音次郎は緊張した。

「うん。そのまさかかもしれない……」

半兵衛は頷いた。

商人宿『松葉屋』の主の吉五郎は、金を貰って人の命を秘かに奪う人殺しを裏稼業にしているのかもしれない。

半次と音次郎は緊張した。

「じゃあ、紋次を使っている奴は、吉五郎の仕事の邪魔を……」

「ああ。何故かは分からないがね」

半兵衛は苦笑した。

「旦那、紋次の奴、元黒門町の小料理屋に出入りしていましたね」

「若菜かい……」

「はい。その若菜は……」

「うん。板前で旦那の宗吉が娘のおせんと営んでいる店でね。今の処、怪しい処はないよ」

「じゃあ、客には……」

「うん。お店の隠居や大工の棟梁などの身許のはっきりしている年寄りが馴染でね……」

「こそ泥と拘わるような者はいませんか……」

「ま、いざとなれば、紋次や竜吉たちをお縄にして厳しく責めて吐かせる迄だが、今暫く紋次と吉五郎の様子を窺ってみよう」

半兵衛は、不敵な笑みを浮かべた。

三

行燈《あんどん》の火は瞬《またた》いた。

「それで、隅田川に飛び込んだのか……」

吉五郎は、竜吉を厳しく見据えた。

「へい。同心と擦れ違う時、いきなり盗賊だと指を差して叫びやがって……」

竜吉は、腹立たしげに告げた。

「兄貴、そいつがこそ泥の紋次に違いねえんですかい……」

喜助は訊いた。

「ああ。あの声は間違いねえ……」

「紋次の野郎……」

「で、竜吉、それで玉風堂のお内儀さんとは逢えなかったんだな」

吉五郎は尋ねた。

「はい。隅田川を流され、新大橋《しんおおはし》の橋脚に摑まって助かったんですが、同心共が舟で捜していたので、暫く橋桁《はしげた》の間に隠れていましてね。元締《もとじめ》、申し訳ありませんでした」

竜吉は詫びた。

「竜吉、詫びる相手は俺じゃあねえ。玉風堂のお内儀さんだ」

「はい……」

竜吉は項垂れた。

「ま、お内儀さんには俺が詫びを入れておく。竜吉、お前はこそ泥の紋次を捜すんだな」

吉五郎は命じた。

「はい。見付け次第、ぶち殺してやります」

竜吉は、怒りを露わにした。

「それにしても元締。こそ泥の紋次、一人で動いているんですかね」

喜助は、吉五郎を窺った。

「いや。所詮《しょせん》はこそ泥だ。誰かに命じられての事だろう……」

「誰かに……」

竜吉と喜助は眉をひそめた。

「ああ。竜吉、紋次を見付けて殺すのは構わねえが、誰に命じられての仕業か吐かせてから殺しな……」

吉五郎は、残忍な笑みを浮かべて命じた。


こそ泥の紋次は、明神下の長屋を出て不忍池に向かった。

音次郎は尾行た。

紋次は、軽い足取りで明神下の通りから下谷広小路に向かった。

行き先は、上野新黒門町の扇屋の玉風堂なのか……。

音次郎は読んだ。


下谷広小路は賑わい始めていた。

紋次は、上野新黒門町の扇屋『玉風堂』を眺めた。

扇屋『玉風堂』は、店先の掃除も行き届いており、老舗らしい落ち着いた雰囲気を漂わせていた。

音次郎は、扇屋『玉風堂』を窺う紋次を見守った。

紋次は、扇屋『玉風堂』の周囲を一廻りして広小路を不忍池に向かった。

何処に行く……。

音次郎は追った。


「どうぞ……」

上野新黒門町の老木戸番は、半兵衛に茶を差し出した。

「こいつは造作を掛けるね。頂くよ」

半兵衛は茶を啜った。

「して、扇屋の玉風堂だが……」

「はい。旦那の勘三郎《かんざぶろう》さん、そりゃあ遊び人でしてね。あっちこっちに女を囲って、色恋沙汰《いろこいざた》の揉め事も多くて、お内儀さん泣かせの旦那だったんですよ……」

「ほう。玉風堂の主の勘三郎、そんなに遊び人なのか……」

「ええ。若い頃から亡くなった御隠居さまに甘やかされて育って来た人ですからね……」

「そうか。で……」

半兵衛は、老木戸番に話の先を促した。

「去年の冬ですか、不意に卒中《そっちゅう》で倒れましてね。今じゃあ、飲み食いも喋《しゃべ》るのも不自由になって寝たっきりだそうですよ」

「卒中で倒れて寝たっきり……」

半兵衛は眉をひそめた。

「ええ……」

「そいつは気の毒に……」

「ま、それ迄の不養生《ふようじょう》が祟《たた》ったって噂ですがね」

老木戸番は、微かな笑みを過ぎらせた。

「女遊びの次は寝たっきりとは。お内儀、おたえって云ったかな。大変だね」

半兵衛は、おたえに同情した。

「ええ、まあ。ですが、遊び人の旦那が倒れ、内心ほっとしているって噂もありますよ」

「ほっとしている……」

半兵衛は、思わず訊き返した。

「はい。旦那の女遊びの始末の心配も要らなくなったし、何と云っても玉風堂も思いのままですからね……」

「成る程な。お内儀、倒れた旦那の勘三郎の世話も大変だが、亭主の女遊びの始末をせず、老舗扇屋玉風堂を思いのままに出来るのに比べれば、どうって事はないか……」

半兵衛は苦笑した。

「ええ。旦那にはお付きの婆やと下男もいますしね。それにお内儀さん、中々の商い上手《じょうず》だそうですよ」

老木戸番は笑った。

扇屋『玉風堂』は、主の勘三郎が卒中で倒れ、お内儀のおたえが取り仕切っていた。

半兵衛は知った。

お内儀おたえにとり、寝たっきりになった旦那の勘三郎に対する望みは、一刻も早く大人しく死んでくれる事だけなのかもしれない。

半兵衛は、脳裏に過ぎった想いに苦笑した。

不忍池は煌めいていた。

上野元黒門町の小料理屋『若菜』は戸を開け、おせんが店先の掃除をしていた。

紋次は、不忍池の畔《ほとり》にしゃがみ込んで水飛沫をあげて遊ぶ水鳥を眺めていた。

何をしているんだ……。

音次郎は、離れた物陰から小料理屋『若菜』と紋次を見張った。

僅かな刻が過ぎ、竹籠《たけかご》を肩に掛けた痩せた年寄りが小料理屋『若菜』にやって来た。

おせんは気が付き、痩せた年寄りに近付いて不忍池の畔にいる紋次を示した。

痩せた年寄りは頷き、竹籠をおせんに預けて紋次の許に向かった。

小料理屋『若菜』の主で板前の宗吉……。

音次郎は見定めた。

「やはり宗吉だったか……」

半兵衛が音次郎の背後に現れた。

「旦那……」

「うむ。紋次を動かしていたのは、どうやら若菜の主で板前の宗吉だね……」

半兵衛は、上野新黒門町の扇屋『玉風堂』から上野元黒門町にある小料理屋

『若菜』に来る途中、仕入れ帰りの宗吉を見掛けて追って来ていた。

「宗吉、只の板前じゃありませんね」

音次郎は眉をひそめた。

「ああ。何者なのかな……」

半兵衛は、不忍池の畔にいる紋次と宗吉を眺めた。

紋次は、宗吉に気が付いて腰を屈めて迎えていた。

宗吉は、小料理屋『若菜』にいる時とは別人のような厳しい顔で頷いた。

そこに穏やかさはなかった。

半兵衛は、宗吉のもう一つの顔を知った。

「そうか、吉五郎に仕事を頼んでいたのは、やはり扇屋玉風堂のお内儀のおたえだったかい……」

宗吉は眉をひそめた。

「はい。間違いありません」

紋次は頷いた。

「よし。じゃあ紋次、ちょいと忍び込んで貰おうか……」

「へい。何処に……」

紋次は、緊張を浮かべた。

「扇屋玉風堂だ」

宗吉は、厳しい面持ちで命じた。


半兵衛と音次郎は、宗吉と紋次を見守った。

紋次は、宗吉に頭を下げて不忍池の畔から下谷広小路に向かった。

半兵衛は、音次郎を促した。

「音次郎……」

「承知……」

音次郎は、紋次を追った。

半兵衛は、宗吉を窺った。

宗吉は、広小路の雑踏に行く紋次を見送って小料理屋『若菜』に戻って行った。

半兵衛は、何故か宗吉の作った鯰の付け焼きの美味さを思い出した。

五間堀の流れは緩やかだ。

半次は、弥勒寺橋の袂から商人宿『松葉屋』を見張っていた。

弥勒寺の鐘は、巳の刻四つ（午前十時）を告げた。

吉五郎が、喜助を従えて商人宿『松葉屋』から出て来た。

半次は物陰に隠れた。

吉五郎と喜助は、弥勒寺橋を渡って本所竪川に向かった。

よし……。

半次は追った。


老舗扇屋『玉風堂』に客が途切れる事はなく、お内儀のおたえと番頭たち奉公人は忙しく客の相手をしていた。

紋次は窺い、『玉風堂』の横手の路地に入って行った。

何をする気だ……。

音次郎は『玉風堂』に走り、紋次の入った路地の奥を覗いた。

路地の奥に紋次の姿は見えなかった。

どうした……。

音次郎は、路地に入るのを迷い躊躇った。

だが、迷い躊躇いは一瞬だった。

音次郎は路地に入った。

路地の奥には板塀があり、扇屋『玉風堂』の台所と母屋《おもや》を囲んでいた。

音次郎は、路地を慎重に進んだ。

路地奥の板塀には、奉公人たちの出入りする裏木戸があった。

音次郎は、紋次を追って板塀沿いを路地奥に進み、扇屋『玉風堂』の裏手に出た。

裏手にも紋次はいなかった。

音次郎は、裏手を抜けて反対側に横手の路地に急いだ。

紋次は、反対側の横手の路地にもいなかった。

扇屋『玉風堂』の周囲を一廻りして表に戻ったのか……。

音次郎は店の表に戻り、辺りに紋次を捜した。だが、店の表の何処にも紋次の姿は見えなかった。

既に何処かに立ち去ったのか……。

音次郎は焦った。

それとも……。

音次郎は気が付いた。

紋次は、扇屋『玉風堂』に忍び込んだのかもしれない。

音次郎は、厳しい面持ちで扇屋『玉風堂』を見詰めた。


非番の北町奉行所は表門を閉め、月番の前月に扱った事柄の整理や始末などをしていた。

小料理屋『若菜』の宗吉は何者なのか……。

唯一の手掛かりは、腕の良い板前だと云う事だけだ。

半兵衛は北町奉行所に戻り、板前を表稼業にしている裏渡世の者を捜す事にした。

「おう。半兵衛ではないか……」

同心詰所に入ろうとした半兵衛は、吟味方与力の大久保忠左衛門に声を掛けられた。

「これは大久保さま……」

半兵衛は、忠左衛門に挨拶をした。

「忙しそうだな……」

忠左衛門は、筋張った細い首を伸ばした。

「ええ。そりゃあもう。今もちょいとした奴の素性を追っていましてね。そりゃあもう大変ですよ」

半兵衛は、新たな一件を押し付けられるのを警戒して大袈裟に告げた。

「ほう。ちょいとした奴の素性か……」

「はい……」

「どんな奴だ」

「えっ……」

「ちょいとした奴とは、どんな奴か訊いているのだ」

忠左衛門は、眼を細めて首の筋を引き攣らせた。

「そいつが、表稼業は腕の良い板前の年寄りでしてね」

半兵衛は、慌てて告げた。

「腕の良い板前だと……」

忠兵衛は、白髪眉をひそめた。

「はい。御存知ないでしょうな」

「厨《くりや》の宗十郎《そうじゆうろう》かもしれぬな……」

忠左衛門は、嗄れ声で告げた。

「えっ……」

半兵衛は、戸惑いを浮かべた。

「厨の宗十郎だ……」

忠左衛門は苛立った。

〝厨〟とは、台所、厨房《ちゆうぼう》の事だ。

「大久保さま、厨の宗十郎とは……」

「昔、金で人殺しを請負う佐山宗十郎《さやまそうじゆうろう》と申す浪人がいてな。板前としての腕が良く、時々料理屋に頼まれて板場に立っていた処から厨の宗十郎と呼ばれていたが、いつの間にか姿を消し、噂も聞かなくなった」

「金で人殺しを請け負う佐山宗十郎ですか……」

「うむ。下手な料理屋の板前より腕が良くてな。厨の宗十郎の作る鯰料理は絶品だそうだ」

忠左衛門は、涎《よだれ》を垂らさんばかりに告げた。

「鯰料理……」

「うむ……」

半兵衛は、宗吉の作った鯰の付け焼きの美味さを再び思い出した。

小料理屋『若菜』の主で板前の宗吉は、かつては厨の宗十郎と呼ばれた金で人殺しを請負う浪人なのかもしれない。

「大久保さま、お陰で腕の良い板前の年寄りの素性、突き止められそうです」

半兵衛は微笑んだ。


音次郎は、扇屋『玉風堂』を見張り続けた。

こそ泥の紋次は、横手の路地に入って姿を消したままだった。

やはり何処かに立ち去ったのか、それとも扇屋『玉風堂』に忍び込んだのか……。

何れにしろ撒かれた……。

音次郎は、己に腹を立てながらも扇屋『玉風堂』を見張った。

弥勒寺橋の袂にある商人宿『松葉屋』の吉五郎が、喜助を従えて下谷広小路をやって来た。

吉五郎と喜助……。

音次郎は気が付き、素早く物陰に隠れた。

吉五郎は、喜助を扇屋『玉風堂』の表に残して店に入って行った。

喜助は、扇屋『玉風堂』の表に佇み、下谷広小路を行き交う人々を眺めた。

音次郎は見守った。

「御苦労だな……」

半次が背後からやって来た。

「親分……」

「音次郎がいる処をみると、こそ泥の紋次が何処かにいるんだな」

半次は、辺りを見廻した。

「そいつが親分、紋次の野郎に撒かれましてね……」

音次郎は、悔しそうに紋次を見失った経緯を告げた。

「音次郎、おそらく紋次は、玉風堂に忍び込んだぜ」

半次は読んだ。

「やっぱり……」

「うん。それにしても何が狙いかな……」

半次は、扇屋『玉風堂』を眺めた。

「処で親分、吉五郎の奴、玉風堂に何しに来たんですかね」

「そいつは、お内儀のおたえに逢いに来たのだろうが、ひょっとしたら毒薬が絡んでいるのかもしれない」

半次は睨んだ。

「毒薬ですか……」

音次郎は眉をひそめた。

「ああ……」

半次は頷いた。

扇屋『玉風堂』の母屋の座敷は、外の賑わいにも拘わらず静かだった。

縁側の外の庭からは、微風《そよかぜ》が吹き抜けて微かに漂う薬湯の臭いを消していた。

お内儀おたえは、吉五郎を母屋の座敷に通して茶を差し出した。

「どうぞ……」

「畏れ入ります。お内儀さん、本当に昨日は竜吉の奴が無調法《ぶちょうほう》を致しまして、申し訳ありませんでした」

吉五郎は詫びた。

「もう良いですよ、吉五郎さん。それで品物は……」

おたえは促した。

「はい。此《こ》に持参しました」

吉五郎は、二寸四方の油紙に包まれた物を差し出した。

「検《あらた》めますよ」

「どうぞ……」

吉五郎は頷いた。

おたえは、包みを縛った紐《ひも》を解いて油紙を開けた。

中には桐の小箱があった。

おたえは、桐の小箱の蓋を取った。

桐の小箱の中には、十個程の赤い薬包が並べられていた。

「御注文の足の付かない石見銀山です」

吉五郎は笑みを浮かべた。

「確かに……」

おたえは頷き、違い棚の手文庫から一つの切り餅を取り出して吉五郎に差し出した。

「ありがとうございます」

吉五郎は礼を述べ、切り餅を懐に入れた。

「じゃあ吉五郎さん、此で……」

「お内儀さん、引導は手前共が渡しても宜しいのですが……」

吉五郎は薄く笑った。

「いいえ。いろいろな女との揉め事の尻拭いをさせられて来た恨み、一つ一つ思い出しながらやりますので……」

おたえは、冷たく微笑んだ。

「そうですか。では、此で……」

吉五郎は、おたえと挨拶を交わして座敷から出て行った。

おたえは、赤い薬包の入った桐箱を違い棚の手文庫に仕舞って座敷から出て行った。

静寂が訪れた。

こそ泥の紋次が縁側の下から顔を出して辺りを窺い、素早く座敷にあがった。

そして、違い棚に忍び寄り、手文庫から小さな桐箱を取り出して懐に入れた。

おたえが吉五郎から受け取る物があったら盗め……。

それが宗吉に命じられた事だった。

紋次は、嬉しげな笑みを浮かべて素早く座敷から出て行った。

吉五郎は、喜助を従えて扇屋『玉風堂』から立ち去って行った。

半次は見送った。

「親分……」

「おそらく弥勒寺橋の松葉屋に帰る筈だ……」

半次は読んだ。

吉五郎と喜助の姿が見えなくなった時、扇屋『玉風堂』の横の路地から紋次が現れた。

半次と音次郎は、咄嗟《とっさ》に物陰に隠れた。

紋次は、素早く路地から離れて下谷広小路に進んだ。

「紋次の野郎、やっぱり玉風堂に忍び込んでいやがったんですね」

音次郎は、悔しげに読んだ。

「ああ。追うぞ……」

半次は、紋次を追った。

音次郎は続いた。

紋次は、下谷広小路の人混みを上野元黒門町に進んだ。

「元黒門町の若菜に行くんですかね……」

「きっとな……」

半次と音次郎は、紋次を追った。

元黒門町の小料理屋『若菜』は掃除も終わり、店の前には打ち水がされていた。

紋次は立ち止まり、慌てて物陰に隠れた。

「どうした……」

半次と音次郎は、怪訝な面持ちで小料理屋『若菜』の前を窺った。

斜向かいの路地の入口に半兵衛がいた。

「半兵衛の旦那ですぜ」

「紋次の野郎……」

半次は苦笑した。

紋次は、物陰から裏通りに走った。

「野郎、若菜の裏口に廻る気ですぜ」

「よし、俺が追う。半兵衛の旦那に報せろ」

半次は、紋次を追った。

音次郎は、半兵衛の許に急いだ。

四

紋次は迂回し、不忍池の畔から小料理屋の『若菜』の裏口に向かった。

不忍池の畔に半兵衛と音次郎が現れた。

紋次は気が付き、怯んだ。

「やあ。紋次、忙しそうだな……」

半兵衛は、親しげに笑い掛けた。

「だ、旦那……」

紋次は、釣られたように笑った。

「玉風堂から盗んだ物を渡して貰おうか……」

半兵衛は告げた。

刹那、紋次は身を翻して逃げようとした。

だが、背後から来た半次が突き飛ばした。

紋次は、仰向けに倒れた。

音次郎が駆け寄り、紋次を押さえた。

「野郎、離せ……」

紋次は、逃れようと踠《もが》いた。

「大人しくしろ」

半次が張り飛ばした。

音次郎は、紋次に素早く縄を打った。

紋次は、観念して項垂れた。

半次は、紋次の懐から小さな桐箱を取り出した。

「旦那……」

半次は、小さな桐箱を半兵衛に差し出した。

「うん……」

半兵衛は、小さな桐箱の蓋を取って眉をひそめた。

小さな桐箱の中には、十個程の赤い薬包が入っていた。

「こいつは何かな……」

「足の付かない石見銀山だそうです」

紋次は告げた。

「松葉屋の吉五郎がそう云って玉風堂のおたえに渡したか……」

半兵衛は読んだ。

「はい。切り餅一つで……」

「ほう。二十五両か……」

「はい……」

「他には……」

「縁の下で聞いただけですから……」

紋次は首を捻った。

「そうか。じゃあ紋次、若菜の宗吉はどうして吉五郎の邪魔をするんだ」

半兵衛は、不意に尋ねた。

「それは……」

紋次は、話し掛けて慌てて言葉を飲んだ。

「どうした……」

「知りません。あっしは宗吉なんて人は知りません……」

紋次は、声を引き攣らせた。

「今更、惚《とぼ》けても無駄だよ、紋次。お前が宗吉と一緒にいるのは見届けているんだ」

「でも、知りません。あっしは宗吉なんて知りません。本当に知りません」

紋次は、必死の面持ちで云い張った。

「ま、いいさ。話は大番屋でゆっくり聞かせて貰うよ。半次、音次郎……」

「はい。じゃあ。さあ、紋次……」

半次と音次郎は、お縄にした紋次を引き立てて行った。

扇屋『玉風堂』のお内儀おたえは、病で倒れた亭主の勘三郎に毒を盛って卒中を装った。そして、死なぬ程度に毒を盛って苦しめ、恨みを晴らして来たのだ。

半兵衛は睨んだ。

もし、睨み通りなら……。

半兵衛は、おたえの恨みの深さに微かな身震いを覚え、石見銀山の入った小さな桐箱を握り締めた。

不忍池は煌めいた。

それにしても、小料理屋『若菜』の主で板前の宗吉こと厨の宗十郎は、何故に吉五郎の邪魔をするのだ。

半兵衛は、小料理屋『若菜』を眺めた。

竜吉と二人の浪人が、不忍池の畔をやって来て小料理屋『若菜』に入って行った。

竜吉……。

半兵衛は眉をひそめた。

僅かな刻が過ぎた。

竜吉と二人の浪人が、宗吉を取り囲んで不忍池の畔に出て来た。

半兵衛は、木陰から見守った。

「なあ、父っつあん。紋次が何処にいるか素直に教えちゃあくれねえかな」

竜吉は、宗吉に迫った。

「だから、紋次の居所なんか、知らないと云っているんだよ」

宗吉は苦笑した。

「父っつあん。紋次がお前さんの店に出入りしているのは分かっているんだ」

竜吉は、宗吉の胸倉を鷲摑《わしづか》みにした。

宗吉は、素早く竜吉の腕を摑んで捻り上げた。
竜吉は、悲鳴を上げて跪いた。
浪人の一人が刀を抜いた。
宗吉は、刀を抜いた浪人に竜吉を突き飛ばした。
刀を抜いた浪人は、咄嗟に躱《かわ》した。
竜吉は、顔から激しく地面に倒れ込んだ。
「おのれ……」
二人の浪人は、刀を抜いて宗吉に迫った。
「そこ迄だな……」
半兵衛は木陰を出た。
二人の浪人は、巻羽織の半兵衛を見て僅かに怯んだ。
「邪魔するな、不浄役人が……」
浪人の一人が、必死に己を励まして半兵衛に斬り掛かった。
半兵衛は、僅かに腰を沈めて刀を閃かせた。
斬り掛かった浪人の刀が飛ばされ、煌めきながら不忍池に落ちた。
小さな水飛沫があがった。

鮮やかな田宮流抜刀術《たみやりゅうばっとうじゅつ》だ。

「未だ、やるか……」

半兵衛は苦笑した。

二人の浪人は、後退《あとずさ》りをして身を翻した。

竜吉が、慌てて続こうとした。

半兵衛は、素早く竜吉を捕まえて振り向かせ、鳩尾《みぞおち》に鋭い拳《こぶし》を叩き込んだ。

竜吉は眼を瞠《みは》り、気を失って崩れ落ちた。

二人の浪人は逃げ去った。

宗吉は、怪訝な面持ちで佇んでいた。

「やあ……」

半兵衛は、宗吉に笑い掛けた。

「お侍……」

宗吉は、巻羽織の同心が店を訪れた客だと気が付いた。

「昨夜の鯰の付け焼き、美味かったよ」

半兵衛は笑った。

「同心の旦那でしたか……」

宗吉は、半兵衛を見詰めた。

「ああ。北町奉行所の白縫半兵衛だ」

「白縫半兵衛さまですか……」

「うむ。宗吉、こそ泥の紋次、さっきお縄にしたよ」

半兵衛は告げた。

「紋次……」

宗吉は眉をひそめた。

「ああ。新黒門町の扇屋玉風堂に忍び込んでね。お内儀のおたえが吉五郎から買った品物を盗んだ罪だ」

「白縫さま……」

「紋次は認めちゃあいないが、お前さんが命じたんだね」

半兵衛は、宗吉を見据えた。

「えっ……」

宗吉は、思わず半兵衛を見返した。

「紋次は、命じた者の名を洩らさず、己一人で罪を被ろうとしている。こそ泥にしちゃあ潔く立派なものだ。そうは思わないかい、厨の宗十郎……」

半兵衛は、宗吉を見据えたまま告げた。

「白縫さん……」

宗吉は、半兵衛が己の素性を知っているのに身構えた。

「何故、吉五郎と玉風堂のおたえの邪魔をするのかな」

半兵衛は、構わずに訊いた。

「近頃、吉五郎は金で人殺しを請け負うだけじゃあなく、素人に人殺しを勧め、金を貰って手解《てほど》きや段取り迄している奴でしてね……」

宗吉は、怒りを滲ませた。

「玉風堂のおたえも、吉五郎に亭主の勘三郎殺しを勧められ、手解きを受けて石見銀山を用意して貰ってるか……」

半兵衛は読んだ。

「ええ。吉五郎は世の中に人殺しを増やしている外道。せめて、邪魔の一つもしてやろうと紋次に命じましてね」

宗吉は告げた。

「成る程、そう云う訳か。して、吉五郎とはどんな拘わりなのかな」

「若い頃の舎弟分《しやていぶん》ですよ」

「舎弟分か……」

「ええ。若い頃から狡猾《こうかつ》な奴でしたよ」

宗吉は、嘲りを滲ませた。

「そうか。で、こそ泥の紋次は……」

「紋次は旗本の懐を狙って失敗し、手討ちにされ掛けた処を偶々《たまたま》助けました。以来、妙に懐いて来ましてね。白縫さん、今度の紋次の罪は、私に命じられての事です。悪いのは私ですよ」

「そうか。良く分かった……」

半兵衛は笑みを浮かべて頷き、気を失っている竜吉に縄を打った。そして、手拭を不忍池の水に濡らし、竜吉の顔の上で絞った。

竜吉は、水を掛けられて気を取り戻した。

「さあ、竜吉、一緒に来て貰うよ」

半兵衛は、竜吉を引き立てた。

「白縫さん……」

宗吉は、己をお縄にしない半兵衛に戸惑いを浮かべた。

「宗吉、鯰の付け焼き、又食べに来るよ」

半兵衛は笑った。

半兵衛は、竜吉を厳しく責めた。

竜吉は、吉五郎のしている事を詳しく白状した。

「よし……」

半兵衛は、半次と音次郎、そして捕り方を率いて弥勒寺橋の商人宿『松葉屋』に急いだ。

半兵衛は、捕り方たちに商人宿『松葉屋』を包囲させ、半次と音次郎を従えて踏み込んだ。

吉五郎は驚いた。

「松葉屋吉五郎、扇屋玉風堂のお内儀おたえに石見銀山を秘かに売り捌《さば》き、主の勘三郎殺しの企てに手を貸した罪でお縄にするよ」

半兵衛は告げた。

喜助たち手下は、吉五郎に縄を打とうとする半次と音次郎の邪魔をした。

「邪魔をするんじゃあねえ……」

半次と音次郎は、十手を唸らせて喜助たち手下を叩きのめした。
吉五郎は、その隙に逃げようとした。
半兵衛は、長火鉢の火箸《ひばし》を取って吉五郎に投げ付けた。
火箸は唸りをあげて飛び、吉五郎の鼻先を過ぎって壁に深々と突き刺さった。
吉五郎は、思わず尻から落ちるように座り込んだ。
半次は、座り込んだ吉五郎を押さえ付けて縄を打った。
「吉五郎、此迄だ。神妙にしな……」
半兵衛は、吉五郎に笑い掛けた。
吉五郎は観念した。
捕り方たちが雪崩《なだ》れ込み、喜助たち手下を捕まえて引き立てた。

半兵衛、半次、音次郎は、三河町三丁目の薬種屋『延命堂』に赴《おもむ》き、吉五郎に石見銀山を売り渡した主を捕縛《ほばく》した。
薬種屋『延命堂』の主は、抗う事もなくお縄になった。

残るは、扇屋『玉風堂』のお内儀のおたえだ。

半兵衛は、半次や音次郎と扇屋『玉風堂』を訪れた。

扇屋『玉風堂』の母屋には、薬湯の臭いが漂っていた。

お内儀のおたえは、訪れた半兵衛たちに顔色を変えた。

半次は、薬湯の臭いを辿って病の主勘三郎のいる寝間に向かった。

「おたえ、お前が吉五郎から石見銀山を買い、病に倒れた主の勘三郎に盛って殺そうとしている企て、露見しているよ」

半兵衛は、おたえを厳しく見据えた。

「お役人さま……」

おたえは項垂れた。

「おたえ、お前は勘三郎の女遊びに苦しめられ、女との揉め事の後始末迄させられて来た。そいつを恨む気持ちは良く分かる……」

半兵衛は、おたえを哀れんだ。

「所帯を持った時からです。所帯を持ったばかりの時から……」

「勘三郎は女遊びに現《うつつ》を抜かしたのか……」

「はい。亡くなった舅姑は、勘三郎が女遊びをするのは、女房のお前が悪いからだと……」

「責めたのかい……」

「はい……」

「そして、勘三郎が病で倒れたか……」

「はい。嬉しかった。どうしてやろうかと嬉しくなりました……」

おたえは、俯いたまま微笑んだ。

半兵衛は、おたえの微笑みに凄味を見た。

「それで、吉五郎に相談したのか……」

「ええ。吉五郎、何処で知ったのか、不意にやって来ましてね。恨みを晴らすのならお手伝いしますよと……」

「手伝う……」

半兵衛は眉をひそめた。

「ええ。それで私、ゆっくり苦しめてから殺したいと云ったんです。そうしたら吉五郎は、石見銀山を少しずつ飲ませて殺しますかと……」

「そうか……」

おたえに対する哀れみは募った。

半次がやって来た。

「旦那……」

「どうだ……」

「一刻も早くお医者に診せた方が良さそうですね……」

半次は眉をひそめた。

「難しいか……」

「おそらく……」

半次は頷いた。

扇屋『玉風堂』勘三郎の死期は近付いている。

半兵衛は読んだ。

「そうか。じゃあ手配りを頼む……」

「はい。じゃあ……」

半次は出て行った。

「おたえ、聞いた通りだ」

「はい……」

おたえは、無表情に頷いた。

半兵衛は、おたえの肩が小さく震えているのに気付いた。

それが泣いているのか笑っているのか、半兵衛には分からなかった。

扇屋『玉風堂』勘三郎は息を引き取った。

お内儀のおたえは主殺《しゅうごろ》しを企てた罪、吉五郎はそれを助けた罪で死罪に処せられた。

竜吉と喜助、薬種屋『延命堂』の主は遠島と決まった。

こそ泥の紋次は、扇屋『玉風堂』から石見銀山を盗んで勘三郎殺しの邪魔をしたとして罪を減じられ、百敲《ひゃくたた》きの刑になった。

板前の宗吉こと厨の宗十郎は、娘のおせんと小料理屋『若菜』を営み続けた。

宗吉は、こそ泥の紋次を使って扇屋『玉風堂』おたえの主殺しの邪魔をしただけであり、悪事を働いてはいない。

半兵衛は、吟味方与力の大久保忠左衛門にそう進言した。

「世の中には、我ら町奉行所の者が知らん顔をした方が良い事もあるか……」

忠左衛門は苦笑した。

「左様にございます。宗吉が厨の宗十郎だったのは大昔の事であり、今は鯰料理を作る年寄りの板前に過ぎませぬ……」

「うむ。徒《いたずら》に昔を掘り返し、罪人を増やすのが我らの役目ではないしな」

「如何にも……」

半兵衛は頷いた。

「ならば半兵衛、鯰の付け焼きで美味い酒を飲みに行く日取り、早々に決めるのだぞ」

忠左衛門は命じた。

「はい。心得ました……」

半兵衛は頷いた。

半次と音次郎は、表門脇の腰掛で半兵衛が出て来るのを待っていた。

「やあ、待たせたね」

半兵衛が同心詰所から出て来た。

「御仕置《おしおき》、決まりましたか……」

「うん……」

半兵衛は頷いた。

「此で一件落着。旦那、今夜は鳥鍋ですか……」

音次郎は、楽しげに笑った。

「いや。音次郎、今夜は鯰だ……」

半兵衛は告げた。

「じゃあ、若菜に……」

「ああ。大久保さまに気付かれない内に行くよ」

半兵衛は笑った。

第四話　戯《たわ》け者《もの》

一

「何、大久保さまの用部屋に……」

半兵衛は眉をひそめた。

「はい。出仕したら直《す》ぐに参れと……」

若い当番同心は、申し訳なさそうに告げた。

「そうか……」

「すみません……」

若い当番同心は詫びた。

「いや。お前さんが詫びる事ではない」

半兵衛は、慌てて笑って見せた。

かなりの仏頂面をしたのだろう……。

半兵衛は、若い当番同心に気を遣わせたのを反省し、吟味方与力大久保忠左衛門の用部屋に向かった。

「やあ、忙しい処、わざわざすまぬな……」

大久保忠左衛門は、筋張った細い首を伸ばして作り笑いを浮かべた。

又、面倒か……。

半兵衛は、忠左衛門の作り笑いに悪い予感を覚えた。

「いえ。して御用とは……」

面倒はさっさと終わらすのに限る……。

半兵衛は、それとなく忠左衛門を促した。

「うむ。実はな。我が大久保家の遠い親類と云うか……」

「遠い親類……」

「ま、早い話が古くからの知り合いの旗本だ」

忠左衛門は、苛立ちを滲ませた。

「その、お知り合いの旗本がどうかされましたか……」

「うむ。知り合いの旗本は真山監物《まやまけんもつ》どのと云われてな。五百石取りの小普請《こぶしん》なのだが、次男坊の部屋住みがおり、其奴《そやつ》がかなりの戯《たわ》け者《もの》だそうだ」

「戯け者……」

半兵衛は眉をひそめた。

「うむ。町方の者と連《つる》んで毎日出歩き、戯けた真似をしているとか……」

「町方の者と連んで戯けた真似とは、遊び人や博奕打《ばくちう》ちとでも付き合い、博奕や酒や女に現を抜かしていますか……」

旗本の部屋住みに良くある話だ……。

半兵衛は、腹の内で呟いた。

「詳しくは知らぬが、おそらくそうかもしれないな」

忠左衛門は溜息を吐いた。

「して、私はその戯け者が何をしているのか調べるのですか……」

「うむ。どうでも良い事で申し訳ないが、急ぎ調べてみてはくれぬか……」

「そいつは構いませんが、噂通りの戯け者だったらどうするんですか……」

「戯け者に下手な真似をされて御公儀のお怒りを買えば、旗本真山家は一溜りもない。早々に始末をつけなければならぬ」

「戯け者の始末ですか……」

「うむ。良くて勘当、悪くて切腹……」

忠左衛門は、白髪眉をひそめた。

「分かりました。して、真山監物さまのお屋敷は何処で、戯け者の部屋住みの名は何と云うのですか……」

半兵衛は覚悟を決めた。

旗本五百石真山監物の屋敷は、外濠に架かっている牛込御門外神楽坂《うしごめごもんがいかぐらざか》をあがり、横の通りを進んだ処にあった。

「此処《ここ》ですね。真山監物さまのお屋敷は……」

音次郎は、表門を閉めている真山屋敷を眺めた。

「うん。随分、静かだね……」

半兵衛は、静けさに覆われている真山屋敷を窺った。

「ええ……」

半次は頷き、連なる旗本屋敷を見廻した。

離れた旗本屋敷の門前では、下男が掃除をしていた。

「ちょいと訊いてみますか……」

「うん。私も行くよ」

半兵衛は、半次や音次郎と屋敷の門前の掃除をしている下男に近付いた。

「真山さまにございますか……」

下男は、掃除の手を止めた。

「ええ。どのような家風のお屋敷ですかね……」

半次は尋ねた。

「それはもう、旦那さまの監物さまは厳格で規則正しい方だそうでして、御武家さまらしく落ち着いた家風だと伺っておりますよ」

下男は告げた。

「ほう。厳格で規則正しい家風ですか……」

「はい……」

下男は頷いた。

「処で真山家には部屋住みの次男がいると聞いたが……」

半兵衛は訊いた。

「ああ、真之丞《しんのじょう》さまですか……」

下男は、真山家の部屋住みを知っていた。

「うむ。その真之丞さまだが、どのような人かな……」

「どのような人かと云われても、子供の頃から威勢の良い元気者で、手前共とも気軽に話をする方でしてね。そう云えば、真之丞さまだけが、真山家の家風とちょいと違うようですかね……」

下男は、小さく笑った。

「って事は、真山家の監物さまたちは、お前さんたちに滅多に声など掛けないか……」

半兵衛は読んだ。

「そりゃあもう、いつも反《そ》っくり返って歩いているような方でして、手前共のような奉公人や町方の者たちには、挨拶をしても眼も呉《く》れませんよ」

「そうか……」

旗本真山家は、武家を絵に描いたような家風であり、次男で部屋住みの真之丞だけが変わっているようだ。

半兵衛は知った。

「あっ……」

音次郎は、真山屋敷から出て来た若侍に気が付いた。

「ああ、あの方が部屋住みの真之丞さまですよ……」

下男は、若侍を示した。

若侍は、戯け者の真山真之丞だった。

真之丞は背が高く袴姿であり、神楽坂に向かって行った。

「そうか。造作を掛けたね……」

半兵衛は、下男に礼を云って真之丞を追った。

音次郎は続いた。

「此の事は誰にもな……」

半次は、下男に素早く小粒を握らせた。

「そりゃあもう……」

下男は、嬉しげに笑って小粒を握り締めた。

「じゃあ……」

半次は、半兵衛と音次郎を追った。

神楽坂の下には牛込御門が見え、外濠の水面が煌めいていた。

真山真之丞は、落ち着いた足取りで神楽坂を下っていた。

半兵衛、半次、音次郎は尾行た。

「戯け者ですか……」

半次は、真之丞の後ろ姿を見詰めた。

「ああ。町方の者と連んで戯けた真似をしているそうだ……」

「じゃあ、此からその戯けた真似でもしに行くんですかね」

音次郎は読んだ。

「かもしれないね……」

半兵衛は頷いた。

神楽坂を下りた真之丞は、牛込御門の袂に出て外濠沿いを小石川御門《こいしかわごもん》に向かった。

半兵衛、半次、音次郎は追った。

神田明神は賑わっていた。

真山真之丞は、神田明神に手を合わせて片隅の茶店に入った。

半兵衛、半次、音次郎は見守った。

真之丞は、茶店女をからかいながら茶を頼み、縁台に腰掛けた。

「随分、気軽なお侍ですね」

半次は眉をひそめた。

「うん……」

半兵衛は苦笑した。

「旦那、親分……」

音次郎が参道を示した。

派手な半纏を着た男が、擦れ違う町娘を冷やかしながらやって来た。

「誰だい……」

「昔、賭場《とば》で見掛けた事のある奴です」

音次郎は、半次の下っ引になる迄は半端な博奕打ちだった。

「博奕打ちか……」

「ええ。足を洗っていなければ……」

音次郎は頷いた。

派手な半纏を着た博奕打ちは、茶店に入って真之丞の隣に腰掛けて茶を頼んだ。

半兵衛、半次、音次郎は見守った。

真之丞と博奕打ちは、親しげに言葉を交わし始めた。

「連んでいる町方の者ですか……」

半次は読んだ。

真之丞は、派手な半纏を着た博奕打ちと待ち合わせをしていたのだ。

「おそらくね……」

半兵衛は頷いた。

「此じゃあ、悴《せがれ》が戯けた真似をしでかさないか、厳格なお父っつあんが心配しても仕方がありませんか……」

音次郎は笑った。

真次郎と博奕打ちは、茶店を出て参道に向かった。

「音次郎、旦那と俺は二人を追う。お前は茶店の女に博奕打ちの名前を訊き出して追って来な……」

半次は命じた。

「合点です」

音次郎は、茶店に走った。

半兵衛と半次は、真之丞と博奕打ちを尾行た。

真山真之丞と博奕打ちは、神田明神を出て明神下の通りを横切って進んだ。

半兵衛と半次は尾行た。

「親分……」

音次郎が追って来た。

「分かったか、博奕打ちの名前……」

「はい。八助《やすけ》って野郎でした」

音次郎は、先を行く派手な半纏を着た博奕打ちを見据えながら報せた。

「八助か……」

「はい……」

音次郎は頷いた。

真之丞と八助は、神田花房町《はなぶさちよう》に入った。

半兵衛、半次、音次郎は追った。

神田花房町の裏通りには、板塀に囲まれた家があった。

真之丞と八助は、板塀の木戸門を入って行った。

半兵衛、半次、音次郎は見届けた。

「何ですかね、此の家は……」

半次は眉をひそめた。

「うん……」

半兵衛は、板塀に囲まれた家を眺めた。

「旦那、親分……」

音次郎が板塀の木戸門を示した。

職人が木戸門から出て来た。

「半次、音次郎……」

半兵衛は、半次や音次郎を促した。

「はい……」

半次と音次郎は、出て来た職人に駆け寄った。

職人は、怪訝な面持ちで立ち止まった。

「ちょいと尋ねるが、此処は誰の家かな……」

半次は、懐の十手を見せた。

「は、はい。此処は金貸しの福助《ふくすけ》さんの家ですが……」

「金貸し福助の家……」

「はい……」

職人は頷いた。

「福助、どんな金貸しだい……」

「それが……」

職人は、苦しげに顔を歪めた。

「金貸しの福助、取立ての厳しい高利貸《こうりがし》か……」

半兵衛は眉をひそめた。

「ええ。金を返さなければ病人の蒲団を剝《は》ぎ取り、娘を身売りさせたり、そりゃあ絵に描いたような金貸しだそうですよ」

半次は告げた。

「そんな酷い高利貸から金なんか借りなければ良いのに……」

音次郎は、腹立たしげに云い放った。

「音次郎、福助に金を借りる人たちは、借りたくて借りているんじゃない。おそらく万策《ばんさく》尽きて辿り着く気の毒な人たちだよ」

半兵衛は、音次郎に云い聞かせた。

「はい……」

音次郎は頷いた。

「じゃあ真之丞と八助、福助に遊ぶ金でも借りに来たんですかね」

半次は読んだ。

「かもしれないな……」

半兵衛は頷いた。だが、頷きながらも何か釈然としないものを感じた。

金貸し福助の家の板塀の木戸門が開き、真之丞と八助が出て来た。

半兵衛、半次、音次郎は物陰に隠れた。

真之丞と八助は、御成街道《おなりかいどう》を下谷広小路に向かった。

半兵衛、半次、音次郎は追った。

谷中は、天王寺といろは茶屋が名高い。

遊びに来た男たちは、連なる女郎屋の見世を覗いて遊女の品定めに忙しかった。

真之丞と八助は、あれから下谷広小路を抜けて東叡山寛永寺の北側にある谷中にやって来た。

半兵衛、半次、音次郎は、慎重に尾行て来ていた。

真之丞は、八助と共に岡場所の一角にある女郎屋『松葉楼《まつばろう》』にあがった。

半兵衛、半次、音次郎は、物陰から見送った。

「金貸しから金を借りて、昼日中《ひるひなか》から女郎屋とは、好い気なもんですぜ……」

音次郎は吐き棄てた。

「ああ……」

半兵衛は頷いた。

「戯け者ですか……」

半次は苦笑した。

「半次、真之丞の奴、見世の籬《まがき》も覗かずに松葉楼にあがった処を見ると、馴染の遊女がいるようだな」

半兵衛は睨んだ。

「ええ。そのようですね……」

半次は頷いた。

「よし。私たちも今の内に腹拵《はらごしら》えだ……」

半兵衛は、斜向かいにある蕎麦屋を示した。

少なくとも半刻は出て来ない……。

半兵衛、半次、音次郎はそう読み、蕎麦を頼んだ。

「それにしても、博奕打ちと連み、金貸しに金を借り、昼間から女郎屋。親じゃあなくても、戯け者と心配になりますね」

半次は眉をひそめた。

「ああ……」

半兵衛は苦笑した。

音次郎は、窓の障子を僅かに開けて斜向かいの女郎屋『松葉楼』を見張っていた。

「お待ちどおさま……」

小女《こおんな》が、盛り蕎麦を持って来た。

「うん……」

半兵衛と半次は、盛り蕎麦を食べ始めた。

「音次郎、お前も食べな……」

半兵衛は、女郎屋『松葉楼』を見張っている音次郎を誘った。

「はい。じゃあ……」

音次郎が、蕎麦を食べようと窓から眼を離そうとした時、女郎屋『松葉楼』から真之丞と八助が出て来たのが見えた。

「旦那、親分、真之丞と八助です……」

音次郎は、慌てて告げた。

「半次、音次郎、追ってくれ……」

半兵衛は、半次と音次郎を先に追わせ、蕎麦代を払って続いた。

行き交う人々の中に、音次郎の後ろ姿が見えた。

半兵衛は、行き交う人々の中を足早に進み、音次郎に並んだ。

「旦那……」

「うん……」

行く手に半次の後ろ姿が見えた。

半次の前には、真之丞と八助がいるのだ。

「じゃあ、親分に旦那が追い付いたと……」

「報せてくれ」

半兵衛は頷いた。

音次郎は、小走りに半次を追った。

真之丞と八助が女郎屋『松葉楼』にあがり、四半刻が過ぎていた。

早過ぎる……。

遊女と遊んだにしては早過ぎる。

真之丞は、遊女を買いに来たのではないのか……。

半兵衛は眉をひそめた。

二

夕陽は上野の山陰《やまかげ》に沈み始めた。

谷中善光寺前町《やなかぜんこうじまえまち》の片隅にある飲み屋は、古びた暖簾を微風に揺らしていた。

半兵衛、半次、音次郎は、物陰から見張っていた。

「真之丞と八助が入って、かれこれ半刻。そろそろ日が暮れますね」

半次は、古びた暖簾を微風に揺らしている飲み屋を眺めた。

女郎屋『松葉楼』を後にした真之丞と八助は、善光寺前町の飲み屋にやって来ていた。

「うむ。おそらく日が暮れるのを待っているのだろう」

半兵衛は睨んだ。

「じゃあ、日が暮れてから何かしようって魂胆《こんたん》なんですかね」

半次は眉をひそめた。

「日が暮れるのを待つなんて、押し込みでも働くつもりなんですかね」

音次郎は読んだ。

「押し込みか……」

「それとも博奕かもしれませんね」

「博奕か、ならば賭場か……」

「ええ。谷中には、金に困って家作《かさく》や空き部屋を博奕打ちに貸して寺銭《てらせん》を取る寺が何軒もありますからね」

音次郎は眉をひそめた。

「そいつかもしれないな……」

半兵衛は頷いた。

「金貸しの家に女郎屋、そして飲み屋に賭場ですか……」

半次は呆れた。

「もしそうだとしたら、絵に描いたような戯け者か……」

半兵衛は苦笑した。


谷中天王寺は、夜空に戌《いぬ》の刻五つ（午後八時）の鐘の音を鳴り響かせた。

夜は更けた。

谷中正円寺《しょうえんじ》の裏門には、提灯《ちょうちん》を持った三下《さんした》が佇み、訪れる客を家作の賭場に誘っていた。

旗本の部屋住みの真山真之丞は、博奕打ちの八助と正円寺の賭場を訪れていた。


「睨み通りですか……」

半次は苦笑した。

「ああ。分かり易い戯け者だよ。して音次郎、此処は何処の貸元《かしもと》の賭場かな……」

半兵衛は尋ねた。

「あっしが出入りしていた時は、此の辺りは八軒町《はちけんちょう》の谷中の作蔵《さくぞう》って貸元の縄張りでしたが、今は……」

音次郎は首を捻った。

「貸元の作蔵、どんな奴だ……」

「いざとなりゃあ、如何様《いかさま》でも何でもするって噂の貸元ですよ」

「如何様……」

半兵衛は眉をひそめた。

「ええ……」

音次郎は頷いた。

「そんな賭場と知って来たのかな……」

半兵衛は首を捻った。

「八助が知らぬ筈はないと思いますがね」

音次郎は首を捻った。

真之丞と八助は、貸元の谷中の作蔵の賭場で如何様が行われると知って訪れた。

だとしたら何故だ……。

半兵衛は戸惑った。

真之丞と八助は、何かを企んでいる。

半兵衛は読んだ。

「よし、ちょいと覗いてみるか……」

半兵衛は、巻羽織を脱いだ。


賭場は熱気に溢《あふ》れていた。

巻羽織を脱いだ半兵衛は、半次と共に賭場の次の間で用意されている酒を飲みながら博奕に興じる客を見守った。

お店者、浪人、職人、博奕打ち……。

博奕に興じる客は雑多だった。

真之丞と八助は、盆茣蓙《ぼんござ》の端に陣取って駒を張っていた。

音次郎は、三下と何事か言葉を交わして半兵衛と半次の許にやって来た。

「どうだった……」

「賭場の貸元は、やっぱり谷中の作蔵でした」

音次郎は告げた。

「そうか。して、その谷中の作蔵、来ているのかな……」

半兵衛は、盆茣蓙の胴元の座に座っている博奕打ちを見た。

「彼奴《あいつ》は代貸《だいがし》の熊吉《くまきち》です」

「代貸の熊吉か……」

「如何様だ……」

男の怒声が響いた。

次の瞬間、真之丞が盆茣蓙を跳び越えて壺振《つぼふ》りを蹴飛ばした。

壺振りは、仰《の》け反《ぞ》り倒れた。

盆茣蓙を囲んでいた客たちは驚き、立ち上がった。

真之丞は、伏せられた壺の中の二つの賽子《さいころ》を取った。

半兵衛、半次、音次郎は見守った。

「野郎……」

博奕打ちたちは、真之丞を取り囲んだ。

「野郎、如何様だと……」

熊吉は、怒りを露わにして真之丞に凄《すご》んだ。

「ああ。賽子に細工をした如何様だ」

真之丞は嘲笑《あざわら》った。

「何だと、手前……」

壺振りは眉をひそめた。

真之丞は、賽子を噛んで割った。

賽子の中には、鉛《なまり》が仕込まれていた。

客たちは騒《ざわ》めいた。

「丁の目だけが出る細工。谷中の作蔵も汚い真似をするもんだぜ」

真之丞は怒鳴った。

「手前……」

壺振りたち博奕打ちが、真之丞に襲い掛かった。

真之丞は、博奕打ちたちを殴り蹴飛ばした。

客たちは、悲鳴をあげて戸口に逃げた。

「旦那……」

半次と音次郎は、半兵衛に出方を訊いた。

「八助だ……」

半兵衛は、胴元の座にいる八助を示した。

八助は、胴元の座にある金箱から金を奪って懐に入れて戸口に走った。

「追え……」

半兵衛は命じた。

半次と音次郎は、八助を追った。

真之丞は、刀を抜き払った。

熊吉と壺振りたち博奕打ちは怯んだ。

「叩き斬ってやる……」

真之丞は、冷笑を浮かべて刀を閃《ひらめ》かせた。

熊吉と壺振りたち博奕打ちは、我先に後退《あとずさ》りをした。

真之丞は、その隙を突いて戸口に走った。

「逃がすな、捕まえろ」

熊吉は、怒鳴った。

「待て、野郎……」

博奕打ちたちは、慌てて追った。

成る程……。

半兵衛は苦笑し、賭場を出た。
正円寺の家作、作蔵の賭場は、客たちが我先に逃げて混乱した。
八助は、客たちと一緒に逃げた。
半次と音次郎は追った。
そして、真山真之丞が駆け出して来た。
追って来た博奕打ちたちは、真之丞に襲い掛かった。
真之丞は、襲い掛かる博奕打ちたちを蹴散らして逃げた。
半兵衛が現れ、真之丞を追った。
入谷御切手町《いりやおきってまち》の家々は寝静まっていた。
真山真之丞は、御切手町を進んで古長屋の木戸を潜った。
古長屋の家々は寝静まり、一軒の家だけに小さな明かりが灯されていた。
真之丞は、明かりの灯された家の腰高障子を小さく叩いた。
腰高障子が開いた。
真之丞は、素早く家の中に入って後ろ手に腰高障子を閉めた。

半兵衛が木戸の傍に現れ、見届けた。

「旦那……」

半次と音次郎が、木戸の暗がりから出て来た。

「明かりの灯っている奥の家が八助の家のようだね」

半兵衛は、八助を追った半次と音次郎がいる処から読んだ。

「はい。八助の奴、谷中の賭場から真っ直ぐ此処に来ましたよ」

半次は頷いた。

「どうやら、賭場を荒らして金を奪い、此処で落ち合う段取りだったらしいね」

「ええ……」

「賭場の金を奪っても、博奕打ちがお上に訴え出る事はないし、足も付きにくいか……」

「かなり纏《まと》まった金です。何に遣うつもりなんですかね」

「よし。何《いず》れにしろ今夜はもう動くまい……」

半兵衛は見定めた。

「分かりました。じゃあ、此処はあっしと音次郎が見張ります。旦那はお引き取り下さい」

「そうか。ならば私は明日、金貸し福助の処を廻って来るよ」

半兵衛は告げ、半次と音次郎に後を任せて八丁堀の組屋敷に向かった。

旗本の部屋住み真山真之丞は、博奕打ちの八助と賭場荒らしをして金を奪った。

金貸し、女郎屋、飲み屋、賭場、そして賭場を荒らして金を奪う……。

旗本の馬鹿な部屋住みの絵に描いたような行動だ。

戯け者……。

真之丞は、誰がどう贔屓目《ひいきめ》に見ても立派な戯け者だ。

だが、何故か半兵衛は、素直にそれを受け取る事が出来なかった。

真山真之丞は本当に戯け者なのか……。

半兵衛は眉をひそめた。

翌日、半兵衛は神田花房町の金貸し福助の家を訪れた。

福助は、その名の通り福々しい顔に緊張を浮かべて半兵衛を迎えた。

「手前に何か……」

「うむ。他でもない。昨日、旗本の悴の真山真之丞と博奕打ちの八助が来たね」

半兵衛は尋ねた。

「は、はい……」

福助は、肉に埋《うず》もれた首で頷いた。

「何しに来たのかな……」

「えっ。それは……」

福助は、云い澱《よど》んだ。

「金を借りに来た訳じゃあないね」

半兵衛は、福助を見据えた。

「いえ。金を……」

「福助……」

半兵衛は遮《さえぎ》った。

「はい……」

「お前の噂は聞いている。叩けば埃《ほこり》は幾らでも舞うようだな」

半兵衛は脅した。

「だ、旦那……」

「何なら大番屋に来て貰っても良いんだよ」

半兵衛は冷たく笑った。

「旦那、真山さまと八助は、知り合いの娘が何処に年季奉公《ねんきぼうこう》をしたのか訊きに来たのです」

真之丞と八助は、やはり金を借りに来た訳ではなかった。

半兵衛は、釈然としなかった理由を知った。

「よし。福助、仔細を話すんだね」

「旦那、手前は貸した金を約束の期限に返して貰えないので、借り主の娘に年季奉公の口を周旋《しゅうせん》し、口利き料を貰っただけです」

福助は、嗄れ声を引き攣らせた。

「ほう、口利き料か。して、年季奉公を周旋したのは何処の娘だ」

「入谷御切手町の長屋に住んでいる錺職の茂助《もすけ》のおゆきって娘です」

「入谷御切手町の長屋……」

博奕打ちの八助の住んでいる長屋だ。

半兵衛は気付いた。

金貸し福助は、金の返せない錺職の茂助の娘のおゆきを年季奉公に出し、その支度金を貸した金の返済に取り上げたのだ。

「そいつは茂助と娘のおゆきに納得してもらっての事かな……」

「それはもう……」

福助は、慌てて頷いた。

嘘だ……。

半兵衛の勘は囁いた。

錺職の茂助と娘のおゆきは、福助の云う事に納得してはいない。

「で、真山真之丞さんと八助は、おゆきを何処に年季奉公をさせたのかと……」

福助は、話を先に進めた。

「娘のおゆきの年季奉公先を訊きに来たのだな……」

「はい……」

福助は頷いた。

「して福助、娘のおゆきは何処に年季奉公させたのだ」

「松葉楼と云う女郎屋に……」

福助は、怯えを滲ませた。

「谷中の松葉楼か……」

半兵衛は、谷中の女郎屋『松葉楼』に入って行く真之丞と八助を思い出した。

昨日、真之丞と八助は、金貸し福助の云った事が本当かどうか確かめに女郎屋『松葉楼』に行ったのだ。

半兵衛は知った。

「はい……」

福助は、肉の厚い顔に汗を滲ませた。

「福助、仔細は後日、大番屋でゆっくり聞かせて貰う。それ迄、余計な真似をせず、大人しくしているんだな」

半兵衛は、冷たく笑って釘を刺した。

入谷御切手町の長屋には、赤ん坊の泣き声が響いていた。

音次郎は、木戸の陰に潜んで博奕打ちの八助の家を見張っていた。

八助は、おかみさんたちの洗濯が終わったのを見計らって井戸端に現れた。そして、顔を洗って家に戻ったままだった。

「御苦労だね……」

半兵衛がやって来た。

「こりゃあ旦那……」

「半次は……」

「昨夜、あれから真山真之丞が帰りましてね。半次の親分が追いました。きっと神楽坂の真山屋敷でしょう」

「そうか。処で音次郎、此の長屋に茂助って錺職がいる筈だが……」

「はい。錺職の茂助さんの家なら一番手前の家ですが、去年から胃の腑の病で寝込んでいるそうでしてね。金貸しから借りた金が増え、おゆきって十四歳になる娘が住み込み奉公に出たって聞きましたよ……」

　音次郎は、見張りながら長屋の住人たちを調べていた。

「旦那、茂助さんが何か……」

　音次郎は、半兵衛に怪訝な眼を向けた。

「真之丞と八助のやっている事は、ひょっとしたら茂助と娘のおゆきに拘わりがあるのかもしれない……」

　半兵衛は告げた。

「えっ……」

　音次郎は、戸惑いを浮かべた。

　博奕打ちの八助が、奥の家から出て来た。

半兵衛は、音次郎と共に木戸に隠れた。

八助は、一番手前の茂助の家に立ち寄った。

「茂助さん……」

「音次郎……」

半兵衛と音次郎は見守った。

「じゃあ……」

八助は、茂助の家から出て来て軽い足取りで長屋から出て行った。

半兵衛と音次郎は追った。


不忍池の小島にある弁財天は、大勢の参拝客で賑わっていた。

八助は、山下から寛永寺の黒門と御成門の前を抜け、上野仁王門前町に出た。

仁王門前町の前の通りを北に進めば谷中に出る。

八助は谷中に行くつもりなのか……。

半兵衛は読み、音次郎と八助を尾行た。

八助は、仁王門前町の外れにある茶店に入り、縁台に腰掛けて茶を頼んだ。

「真之丞と落ち合うのかな……」

半兵衛は読んだ。

「どうやら、そうらしいですね」

音次郎は、下谷広小路から来る真山真之丞を示した。

半兵衛と半次は見守った。

真之丞は、八助のいる茶店に向かった。

八助は、真之丞に気が付いて立ち上がって迎えた。

真之丞は、八助の隣に腰掛けて茶を頼んだ。

半次は、見守っている半兵衛と音次郎に気が付き、駆け寄った。

「旦那……」

「やあ。御苦労だね。神楽坂の屋敷から来たのか……」

「はい。で、金貸しの福助の処で何か分かりましたか……」

「うん。いろいろ分かったよ」

半兵衛は微笑んだ。

三

半兵衛は、半次と音次郎に金貸し福助から聞いた事を教えた。

「じゃあ、真之丞と八助は、借金の形《かた》に身売りさせられたおゆきの為に何かしようとしているんですか……」

半次は眉をひそめた。

「うむ。真之丞と八助がおゆきの為に何をしようとしているのか。半次、音次郎、私は谷中の女郎屋松葉楼に行ってみる。お前たちは真之丞と八助が何をするか見張ってくれ」

「承知しました……」

半次と音次郎は頷いた。

真之丞と八助は茶を飲んでいた。

半兵衛は、谷中の女郎屋『松葉楼』に急いだ。

半次と音次郎は見送った。

「あっ……」

音次郎は、小さな声をあげた。

「どうした……」

半次は眉をひそめた。

「親分、あそこで真之丞と八助を見ている野郎共、谷中の作蔵の身内の博奕打ち共ですぜ」

音次郎は気が付いた。

「何だと……」

半次は緊張した。

博奕打ちたちの一人が、谷中に向かって走り去った。

「親分……」

「ああ。谷中の作蔵、賭場を荒らされて黙っちゃあいまい……」

半次は眉をひそめた。


谷中天王寺は賑わっていた。

半兵衛は、女郎屋『松葉楼』を訪れた。

女郎屋『松葉楼』の主宇平《うへい》は、不意に訪れた半兵衛に戸惑いを浮かべた。

「あの、白縫さま、何か……」

宇平は、恐る恐る用件を尋ねた。

「宇平、昨日、旗本の倅の真山真之丞と八助と云う者が来たね……」

「は、はい……」

宇平は、警戒しながら頷いた。

「何の用で来たのか、教えて貰おうか……」

半兵衛は笑い掛けた。

「えっ……」

「真之丞と八助、何しに来たのだ……」

半兵衛は、宇平を見据えた。

「実は五日前、神田花房町の金貸しの福助さんが、おゆきと云う十四歳の娘を手前共の見世に年季奉公をさせたいと連れて来ましてね。それで年季奉公をさせたのですが、昨日、真山さまと八助さんがみえておゆきの身請金は幾らだと……」

宇平は、経緯を語った。

「事情は良く分かった。して身請金は幾らなんだ……」

「はい。年季奉公の支度金として渡した二十両にございます」

宇平は告げた。

〝年季奉公〟とは、禁止されている人身売買に代わるものであり、十年の年季で奉公するとして給金を一括《いっかつ》して前払いする制度だ。

「二十両か……」

「はい。それで真山さまは、二十両の身請金を今日の申《さる》の刻七つ（午後四時）迄に持って来るから、おゆきを見世に出すな、客を取らせるなと……」

宇平は、困惑を浮かべた。

「ほう。真之丞が二十両の身請金を今日の申の刻七つ迄にな……」

「はい。約束を違《たが》えておゆきに客を取らせたら斬り棄てると……」

宇平は、腹立たしげに眉をひそめた。

「そうか、約束を違えたら斬り棄てるか……」

半兵衛は苦笑した。

「はい。白縫さま、そのような無法は許されるのでしょうか……」

「宇平、旗本真山家は厳しい家風の武家でな。約束を違えれば、容赦なく無礼打《ぶれいう》ちにするだろうな」

半兵衛は脅した。

「そんな……」

宇平は震え上がった。

「ならば宇平、真山真之丞との約束を守るんだな」

半兵衛は笑った。

「は、はい……」

宇平は、恐ろしげに頷いた。

「処で宇平、おゆきに逢わせて貰おうか……」

半兵衛は告げた。

おゆきは、薄暗く狭い部屋の隅で身を固くして座っていた。

「お前が錺職の茂助の娘のおゆきかな……」

半兵衛は、穏やかに笑い掛けた。

「はい……」

十四歳のおゆきは痩せており、遊女となって客を取れるとは思えなかった。

「おゆきは博奕打ちの八助を知っているかな」

「はい。良くして貰っています……」

おゆきは頷いた。

「そうか。ならば、真山真之丞と云う旗本の悴はどうだ……」

「真之丞さまなら八助さんの処に時々来ていますから……」

「知っているか……」

「はい。お役人さま、八助さんと真之丞さまが何か……」

「うむ。二人は今、おゆき、お前を身請けしようとしている」

「私を身請け……」

おゆきは、戸惑いを浮かべた。

「うむ……」

「でも私は、お父っつあんの借金の形に年季奉公に……」

「おゆき、確かにそうかもしれぬ。だが、本意ではあるまい……」

「それは……」

おゆきは項垂れた。

「うむ。真之丞と八助は、お前の為に一生懸命だ。だから、おゆきも望みを棄てるな。良いな……」

半兵衛は、穏やかに云い聞かせた。

「はい……」

おゆきは、健気《けなげ》に微笑んだ。

真山真之丞は、病の錺職茂助の娘おゆきが借金の形に女郎屋『松葉楼』に身売りさせられたのを知り、博奕打ちの八助と一緒に助けようとしている。賭場を荒らして金を奪ったのは、おゆきの身請金を作る為だったのかもしれない。

半兵衛は、真之丞の戯けた真似に隠されているものを読んだ。

真山真之丞と八助は、不忍池の畔から谷中に向かった。

博奕打ちは尾行た。

半次と音次郎は追った。

真之丞と八助は、谷中に入った。

後を尾行る博奕打ちに、二人の浪人が現れて並んだ。

「親分……」

音次郎は、緊張に喉を鳴らした。

「ああ。おそらく谷中の作蔵は、代貸の熊吉や博奕打ち共に、賭場を荒らされた恨みを晴らせと命じたんだ……」

半次は睨んだ。

真之丞と八助は、谷中八軒町の通りに進んだ。

八軒町の通りの先には天王寺があり、女郎屋『松葉楼』などの女郎屋が並ぶ岡場所がある。

真之丞と八助は、連なる寺の門前町と東叡山御山内の雑木林の間の道を進んだ。

門前町から博奕打ちと浪人たちが現れ、真之丞と八助の行く手を遮った。

真之丞と八助は立ち止まった。

背後の博奕打ちと二人の浪人が、真之丞と八助に駆け寄った。

真之丞と八助は、谷中の作蔵の身内の博奕打ちと浪人たちに取り囲まれた。

「親分……」

音次郎は、懐の十手を握り締めた。

「ああ。真之丞と八助、どうやら博奕打ち共と用心棒の浪人に取り囲まれたようだ……」

半次は、様子を窺った。

真之丞と八助は取り囲まれた。

代貸の熊吉が、取り囲んだ博奕打ちたちの間から進み出た。

「八助、手前《てめえ》、そこの野郎と連んでよくも賭場を荒らしてくれたな」

「熊吉さん、何の事ですかい……」

八助は惚けた。

「惚けるな、八助。賭場から奪った金、返して貰おうか……」

熊吉は、怒りに声を震わせた。

「熊吉、賭場を荒らしたのは、手前らが如何様の賽子を使ったからだ。退《ど》け……」

真之丞は嘲笑い、行く手を阻《はば》む博奕打ちを突き飛ばして通り過ぎようとした。

「手前、ぶち殺《いき》せ……」

熊吉は熱り立った。

博奕打ちと浪人たちが、真之丞と八助に襲い掛かった。

真之丞は、襲い掛かる博奕打ちを殴り、蹴り飛ばした。

「逃げろ……」

真之丞は、八助を促した。

「真之丞さん……」

「早く逃げろ……」

真之丞は怒鳴った。

八助は、東叡山御山内の雑木林に逃げた。

博奕打ちが追い掛けた。

真之丞は、追い掛けた博奕打ちを捕まえて浪人に突き飛ばした。

博奕打ちと浪人は、縺《もっ》れ合って倒れた。

「おのれ……」

他の浪人たちは刀を抜いた。

真之丞は身構えた。

「どうします……」

音次郎は、半次を窺った。

「よし。呼び子笛を吹き鳴らして騒ぎ立てろ」

「承知……」

半次と音次郎は、呼び子笛を吹き鳴らした。

「斬り合いだ。旗本と博奕打ちが斬り合いをしているぞ」

「斬り合いだ……」

半次と音次郎は、呼び子笛を吹き鳴らして騒ぎ立てた。

熊吉たち博奕打ちと浪人たちは怯んだ。

真之丞はその隙を突き、八助に続いて東叡山御山内の雑木林に逃げ込んだ。

「追え。捕まえて叩き殺せ」

熊吉は怒鳴った。

博奕打ちたちは、真之丞を追って雑木林に駆け込んだ。

「音次郎、此の事を松葉楼にいる筈の半兵衛の旦那に報せろ。俺は真之丞を追う」

「承知……」

音次郎は頷いた。

半次は、音次郎を残して雑木林に駆け込んだ。

音次郎は、呼び子笛を吹き鳴らし続けた。

巻羽織の同心がやって来た。

半兵衛の旦那……。

音次郎は、物陰から通りに出た。

熊吉と浪人たちは、素早く逃げ去った。

「旦那……」

音次郎は、やって来た半兵衛に駆け寄った。

東叡山御山内の雑木林は鬱蒼《うっそう》としており、木々の間から幾つもの斜光が差し込んでいた。

真之丞は、茂みに足を取られながら走った。

「真之丞さん……」

八助が木陰に潜んでいた。

「おお、八助……」

「御無事でしたかい……」

八助は、安堵を過ぎらせた。

「ああ……」

真之丞は苦笑した。

博奕打ちたちの追って来る声がした。

「さあて、どっちに逃げる……」

「東は三ノ輪《みわ》、北は根岸、南は下谷、寛永寺ですが……」

「松葉楼の宇平との約束は申の刻七つ……」

差し込む斜光は低くなった。

刻《とき》は過ぎる。

「よし。北の根岸だな……」

真之丞は、谷中から離れ過ぎるのを嫌った。

「じゃあ……」

真之丞と八助は、雑木林を北に進んだ。

半次は、真之丞を捜しながら雑木林を行く博奕打ちたちを追った。

博奕打ちたちは、真之丞を捜して真っ直ぐ東に進んだ。しかし、真之丞を見付ける事は出来なかった。

東じゃあない……。

半次の勘が囁いた。

真之丞は、真っ直ぐ東に逃げたのではなく、方向を変えた。だからと云って西に戻ってはいない。ならば南の下谷か北の根岸……。

半次は読んだ。

根岸だ……。

半次は睨み、北の根岸に進んだ。

半兵衛は、真之丞と八助が熊吉たち博奕打ちや用心棒の浪人に取り囲まれ、東叡山御山内の雑木林に逃げ込んだ事を知った。

「雑木林に……」

半兵衛は、雑木林を眺めた。

「はい。で、親分が追いました」

「そうか……」

半兵衛は頷いた。

真之丞と八助は、東叡山御山内の雑木林に逃げ込んだ。

真之丞と八助は、追手の博奕打ちたちに捕まらない限り、申の刻七つ迄に女郎屋『松葉楼』におゆきの身請金を持って来る筈だ。

待つなら『松葉楼』だ……。

半兵衛は読んだ。


女郎屋『松葉楼』の斜向かいの蕎麦屋……。

半兵衛は、見張り場所を蕎麦屋と決めて音次郎と向かった。

谷中の町の辻々には、博奕打ち共と浪人たちが佇んで辺りを見廻していた。

真之丞と八助は、博奕打ち共に捕まらずにいる……。

見張りがいるのは、真之丞と八助が無事に逃げ廻っている証だ。

半兵衛は見定め、音次郎と蕎麦屋の暖簾を潜った。そして、窓の障子を僅かに開けて斜向かいの女郎屋『松葉楼』を見張り始めた。


根岸の里には、甲高い水鶏《くいな》の鳴き声が響いていた。

半次は、雑木林を抜けて御隠殿《ごいんでん》脇に出た。

〝御隠殿〟とは、上野の宮の隠居御殿だ。

半次は、御隠殿脇から根岸の里を流れる石神井用水沿いを眺めた。

石神井用水沿いの小道を来る真之丞と八助の姿が見えた。

真之丞と八助は、石神井用水沿いの小道を天王寺のある西に向かっていた。

睨み通りだ……。

半次は、石神井用水を挟んで真之丞と八助を追った。

真之丞と八助は、石神井用水沿いの小道を進み、天王寺北側の芋坂《いもざか》を通って谷中に戻るつもりだ。

半次は睨み、追った。


半兵衛と音次郎は、女郎屋『松葉楼』の斜向かいの蕎麦屋で真之丞と八助の来るのを待った。

「じゃあ旦那、真之丞と八助は、おゆきの身請金を作る為に賭場荒らしをしたんですか……」

「おそらくね。金貸し、女郎屋、飲み屋、賭場。真山真之丞の絵に描いたような戯けた真似は、どうやら身売りしたおゆきの為のようだ」

半兵衛は告げた。

「旦那、もしそうなら、真山真之丞は真っ当な戯け者ですよ」

音次郎は感心した。

「真っ当な戯け者か……」

半兵衛は苦笑した。

真之丞と八助は芋坂をあがり、天王寺山門前を窺った。

天王寺山門前には、谷中の作蔵配下の博奕打ちたちがいた。

「作蔵の野郎。手下に見張らせていやがる……」

八助は吐き棄てた。

谷中は寺町であり、町方の地は少ないので見張りは立て易い。

「どうします……」

八助は、真之丞に出方を訊いた。

「ちょいと様子を見るか……」

真之丞は、焦らず落ち着いて事を進めると決めた。

真之丞と八助は、谷中の作蔵配下の博奕打ちを警戒している。

さあて、どうする……。

半次は、真之丞と八助の出方を見守った。

四

刻は過ぎた。

真之丞と八助は、女郎屋『松葉楼』に未だ現れなかった。

「来ませんねえ……」

音次郎は、障子を開けた窓から外を見張りながら焦《じ》れた。

「うむ。おそらく博奕打ち共が見張っているので来られないのだろう」

半兵衛は読んだ。

「じゃあ、下手をすれば約束の刻限に来られないかもしれませんね」

音次郎は眉をひそめた。

「うむ……」

約束の刻限を多少過ぎても身請けは出来る。

だが、『松葉楼』の宇平がどう出るか……。

そして、おゆきはどれだけ落胆するか……。

半兵衛は思案した。

「よし、音次郎、ちょいと出掛けて来る。此処を頼む」

「承知……」

音次郎は頷いた。

半兵衛は、蕎麦屋を出て行った。


真山真之丞は、己を囮《おとり》にして博奕打ちや浪人たちを引き付け、八助を女郎屋『松葉楼』に行かせる事にした。

「そいつは構いませんが、真之丞さんは大丈夫ですか……」

八助は心配した。

「こう見えても柳生新陰流《やぎゅうしんかげりゅう》の目録免許寸前迄いった腕だ。どうにかなるだろう。じゃあ……」

真之丞は苦笑し、天王寺の表門前に向かった。

八助は続いた。

真之丞と八助は進んだ。

半次は追った。

真之丞は、天王寺表門前に向かった。

天王寺表門前には、博奕打ちたちの見張りがいる筈だ。

知っての事なのか……。

半次は、怪訝な面持ちで真之丞と八助を追った。

真之丞は、八助を残して天王寺表門前に進んだ。

天王寺表門前にいた博奕打ちたちが、真之丞に気が付いた。

真之丞は道を変え、八軒町に走った。

博奕打ちたちは追った。

天王寺表門前に見張りの博奕打ちたちはいなくなった。

八助は、天王寺表門前に急いだ。

真之丞は囮となって博奕打ちたちを引き付け、八助はその隙に何かをしようと企てているのだ。

半次は読み、真之丞と博奕打ちたちを追った。

博奕打ちたちは、真之丞に追い縋った。

真之丞は、振り返り態《ざま》の一刀を放った。

先頭を来た博奕打ちは、太股を浅く斬られて前のめりに倒れた。

博奕打ちたちは怯んだ。

真之丞は、刀を鋭く振った。

刃風が短く鳴り、鋒《きつさき》から血が飛んだ。

「容赦はしない……」

真之丞は、冷笑を浮かべて博奕打ちたちを見廻した。


町の辻には博奕打ちや浪人が佇み、真山真之丞と八助の現れるのを見張っていた。

半兵衛は、見張っている博奕打ちや浪人たちを横目で見ながら古門前町に向かった。

古門前町に博奕打ちの貸元、谷中の作蔵の家はあった。

半兵衛は、作蔵の家の前に佇んだ。

腰高障子は開け放たれ、広い土間の鴨居《かもい》には丸に作の一文字が書かれた提灯が並べられていた。

どうやら博奕打ちの多くの者は、見張りに出ているようだ。

「邪魔をする……」

半兵衛は、土間に踏み込んだ。

「どちらさんですかい……」

三下が奥から出て来た。

「やあ……」

半兵衛は笑い掛けた。

「こりゃあ、旦那……」

三下は、巻羽織の半兵衛を見て眉をひそめた。

「貸元の作蔵はいるかな……」

「へ、へい。おりますが、何……」

「呼んで貰おう」

半兵衛は、厳しく遮った。

「ちょ、ちょいとお待ちを……」

三下は、怯えを滲ませて奥に入って行った。

半兵衛は苦笑した。

小柄な年寄りが、三下と浪人を従えて奥から出て来た。

「お待たせしました。貸元の作蔵です……」

小柄な年寄りは、鋭い眼を向けて嗄れ声で告げた。

「お前が作蔵か。私は北町奉行所の白縫半兵衛だ」

「白縫の旦那があっしに何の御用ですか……」

「他でもない。賭場荒らしの若い侍から手を引くんだな……」

「旦那。そうは参りません。賭場を荒らされて大人しく引っ込んだらあっしは笑い者。此の渡世にはいられませんでしてね」

「隠居する歳に不足はない」

半兵衛は笑った。

「旦那……」

作蔵は、半兵衛に暗い眼を向けた。

刹那、浪人が半兵衛に斬り付けた。

半兵衛は、刀を抜き打ちに斬り上げた。

浪人の腕が斬られ、刀が土間に落ちた。

半兵衛は、刀を鞘に納めた。

田宮流抜刀術の鮮やかな一太刀だった。

浪人は、斬られて血の滴《したた》る腕を押さえて蹲《うずくま》った。

半兵衛は、作蔵に向き直った。

作蔵はたじろいだ。

「作蔵、直ぐに博奕打ち共を引き上げさせろ」

半兵衛は、作蔵を見据えた。

作蔵は、微かに身震いをした。

「さもなければ……」

半兵衛は、冷笑を浮かべて刀の柄《つか》を握った。

「分かった。おい、熊吉たちを呼び戻しに行って来い……」

作蔵は、嗄れ声を震わせて三下に命じた。

「へ、へい……」

三下は頷き、慌てて走り出して行った。

「よし。邪魔をしたな」

半兵衛は、冷たい笑みを穏やかなものに変えた。

女郎屋『松葉楼』は、見世の籬を覗く男たちで賑わっていた。
音次郎は、蕎麦屋から女郎屋『松葉楼』を見張り続けた。
天王寺の鐘が鳴り始めた。
身請金を持って来る約束の申の刻七つだ……。
音次郎は焦れた。
八助が、行き交う人々の間に現れた。
来た……。
音次郎は、微かな安堵を覚えた。
八助は、足早にやって来て女郎屋『松葉楼』に入って行った。
音次郎は見守った。
「どうだ……」
半兵衛が戻って来た。
「はい。たった今、八助が松葉楼に……」
「そうか。一応、間に合ったようだな……」
半兵衛は頷いた。
僅かな刻が過ぎ、真山真之丞がやって来た。

「旦那、真山真之丞が来ましたぜ……」

音次郎は、半兵衛に報せた。

半兵衛は窓辺に寄った。

真之丞は、女郎屋『松葉楼』に足早に入って行った。

半次が追って現れた。

「音次郎、半次を呼んで来い……」

「はい……」

音次郎は、蕎麦屋を出て半次を呼んで来た。

「旦那……」

半次が音次郎と入って来た。

「御苦労だったね……」

「いいえ。それより真之丞、博奕打ち共を自分に引き付けたんですが……」

「うむ。先に八助が来ているそうだ……」

「そいつは良かった……」

「して、博奕打ち共はどうした」

「それが真之丞に痛め付けられましてね」

半次は笑った。

「ほう。やるもんだね」

半兵衛は感心した。

「それから、町の辻々を見張っていた博奕打ち共が何故か急に引き上げ始めましてね……」

半次は首を捻った。

「そうか……」

半兵衛は苦笑した。

「旦那の仕業《しわざ》ですか……」

「うむ。貸元の作蔵をちょいと脅してね」

「やっぱり、そうでしたか……」

半次は笑った。

「だが、作蔵は此のまま大人しくはしていまい……」

半兵衛は、厳しさを滲ませた。

「旦那、親分……」

音次郎が呼んだ。

半兵衛と半次は、窓辺に寄った。

真之丞と八助が、小さな風呂敷包みを抱えたおゆきを連れて女郎屋『松葉楼』から出て来た。

「あの娘がおゆきですか……」

「うん。どうやら身請けは無事に済んだようだ」

半兵衛は睨んだ。

「良かったですね……」

音次郎は喜んだ。

真之丞と八助は、おゆきを連れて下谷に向かった。

「よし。無事に戻るか見届けるよ」

半兵衛は、半次や音次郎と蕎麦屋を出た。


不忍池は西日に煌めいていた。

「綺麗……」

おゆきは立ち止まり、西日に煌めく不忍池を眩しげに眼を細めて眺めた。

真山真之丞と八助は、おゆきを連れて谷中から不忍池の畔に出た。

「良かったな、おゆきちゃん……」

八助は喜んだ。

「はい。何もかも真之丞さまや八助さんのお陰です。身請金は必ず働いて返します」

おゆきは、真之丞と八助に深々と頭を下げた。

「いや。そんな心配は無用だ」

真之丞は笑った。

半兵衛は、不忍池の畔に佇んでいる真之丞、八助、おゆきを見守った。

「戯け者ですか……」

半次は、困惑を浮かべた。

「うむ。父親の真山監物たちは真之丞をそう云っているようだが、私からすれば決して戯け者などではない……」

半兵衛は苦笑した。

「ええ。あっしもそう思います」

半次は頷いた。

「旦那、親分……」

音次郎が、緊張した声音《こわね》で半兵衛と半次を呼んだ。

「どうした……」

「作蔵の代貸の熊吉の野郎と浪人共です」

音次郎は、谷中からの道を示した。

代貸の熊吉が、三人の浪人と一緒に小走りにやって来た。

「作蔵の野郎、旦那との約束を守るつもりはないようですね」

半次は眉をひそめた。

「所詮、裏渡世の博奕打ちだ。当てにしちゃあいないさ」

半兵衛は苦笑した。

熊吉と三人の浪人は、真之丞、八助、おゆきを取り囲んだ。

真之丞と八助は、おゆきを後ろ手に庇《かば》って身構えた。

「しつこいな……」

真之丞は苦笑した。

「賭場を荒らされて黙って引っ込んじゃあ、渡世の笑い者。代貸は務まらねえんだよ」

熊吉は、怒りを露わにした。

「そうか。ならば相手になるぜ。おゆき、お父っつあんが待っている。先に帰りな」

真之丞は、おゆきを促した。

「でも……」

おゆきは、迷い躊躇った。

「良いから、早く……」

真之丞は、厳しく促《うなが》した。

「は、はい……」

おゆきは頷き、不忍池の畔を下谷広小路に駆け去った。

「音次郎、おゆきが無事に帰るかどうか見届けてくれ」

半兵衛は命じた。

「合点です」

音次郎は、おゆきを追った。

熊吉と三人の浪人は、真之丞と八助に斬り掛かった。

「旦那……」

「ああ。容赦は無用だ……」
半兵衛は、厳しい面持ちで真之丞や八助に斬り掛かる熊吉と三人の浪人に駆け寄った。
熊吉と三人の浪人は、駆け寄る半兵衛と半次に気が付き、狼狽えた。
刹那、半兵衛は刀を閃《ひらめ》かせた。
二人の浪人は太股を斬られ、血を飛ばして崩れた。
熊吉と残る浪人は驚いた。
真之丞と八助は、半兵衛と半次の出現に戸惑った。
半兵衛は残る浪人に迫り、刀の峰を返して首筋を鋭く打ち据えた。
浪人は、気を失って倒れた。
半次は、熊吉に襲い掛かった。
熊吉は、匕首を振り廻して抗った。
「馬鹿野郎……」
半次は、十手を唸らせて熊吉の匕首を握る手を打ち据えた。
熊吉は、激痛に匕首を落として蹲った。
半次は、蹲った熊吉を蹴り倒して素早く縄を打った。

刻は掛からなかった。

真之丞と八助は、半兵衛と半次の鮮やかな手際に呆然とした。

「やあ。怪我はないか……」

半兵衛は、真之丞と八助に笑い掛けた。

「は、はい。貴殿は……」

真之丞は戸惑った。

「まあ、私は見ての通りの町方同心、こっちは岡っ引だ……」

半兵衛は微笑んだ。

不忍池には夕陽が映えた。

おゆきは、病の父親の待つ入谷御切手町の長屋に無事に戻った。

音次郎は見届けた。

燭台の火は揺れた。

半兵衛は、吟味方与力の大久保忠左衛門の用部屋を訪れ、真山真之丞の行動と人となりを報せた。

「何、博奕打ちと連み、金貸し、女郎屋、飲み屋に賭場だと……」

忠左衛門は、筋張った細い首を伸ばして声を震わせた。

「はい……」

「やはり真之丞なる悴、絵に描いたような戯け者、父上の監物どのが心配される通りか……」

忠左衛門は、喉仏を引き攣らせた。

「処が大久保さま、それには深い訳がありましてな……」

「深い訳だと……」

「はい。父親の作った借金の形に身売りをさせられた十四歳の娘がいましてね。その娘を何とか身請けして助けようとしての事なのです」

「十四歳の娘の身請け……」

忠左衛門は、白髪眉をひそめた。

「はい。その為に真之丞は、親しい博奕打ちの八助と金貸しを訪れて事情を質《ただ》し、女郎屋に行って身請金が幾ら か訊き、賭場で如何様博奕を見破って荒らし、身請けの金を作った……」

半兵衛は告げた。

「そして、十四歳の娘は身請けが出来たのか……」

忠左衛門は、筋張った細い首を伸ばした。

「はい。如何様を見破られた博奕打ち共に命を狙われながらも、無事に身請けして病の父親の待つ長屋に帰りました」

半兵衛に教えた。

「うむ。そうか、それは重畳《ちょうじょう》、祝着至極《しゅうちゃくしごく》……」

忠左衛門は頷いた。

「大久保さま、それが戯け者の真之丞の本当の姿なのです」

「うむ。半兵衛、真之丞は戯け者などではなく、真っ当な若侍のようだな」

「はい。旗本家の者としては戯け者かもしれませぬが、町方の者から見れば、決して戯け者などではありません」

半兵衛は、忠左衛門を見据えた。

「うむ。良く分かった。真之丞が戯け者ではないと、真山監物どのに報せよう」

「ですが大久保さま、真山監物さまは、町方の者に拘わる事そのものが戯け者の証だと仰《おっしゃ》るでしょうね」

半兵衛は睨んだ。

「うむ。おそらくな……」

「まあ、どうなるかは真之丞次第でしょうが、もし勘当になったとしても、真之丞なら立派にやって行くでしょう」

　半兵衛は微笑んだ。

「旦那、熊吉の野郎、作蔵に命じられて真之丞さんの命を狙ったのを認めましたぜ」

　半次は、大番屋から戻って半兵衛に報せた。

「よし。じゃあ、貸元の谷中の作蔵をお縄にするか……」

　半兵衛は、貸元の作蔵を捕らえて博奕打ちの一家を潰すと決めた。

「旦那、賭場を荒らして金を奪った真之丞と八助はどうするんですか……」

　音次郎は眉をひそめた。

「音次郎、金を奪われた作蔵が訴え出ていない限り、町奉行所がしゃしゃり出る必要はあるまい」

　半兵衛は笑った。

「そりゃあそうですね」

音次郎は、楽しそうに頷いた。

「うむ。世の中には私たち町奉行所の者が知らん顔をした方が良い事もあるさ……」

半兵衛は、知らぬ顔を決め込んだ。

この作品は双葉文庫のために書き下ろされました。

双葉文庫

ふ-16-50

新《しん》・知《し》らぬが半兵衛手控帖《はんべえてびかえちょう》

戯《たわ》け者《もの》

2019年6月16日　第1刷発行

【著者】
藤井邦夫《ふじいくにお》

【発行者】
箕浦克史

【発行所】
株式会社双葉社
〒162-8540 東京都新宿区東五軒町3番28号
［電話］03-5261-4818（営業）　03-5261-4833（編集）
www.futabasha.co.jp
（双葉社の書籍・コミックが買えます）

【印刷所】
中央精版印刷株式会社

【製本所】
中央精版印刷株式会社

【表紙・扉絵】南伸坊
【フォーマット・デザイン】日下潤一
【フォーマットデジタル印字】飯塚隆士

ISBN978-4-575-66947-3 C0193
Printed in Japan

藤井邦夫

知らぬが半兵衛手控帖

姿見橋

長編時代小説〈書き下ろし〉

「世の中には知らん顔をした方が良いことがある」と嘯く、北町奉行所臨時廻り同心白縫半兵衛が見せる人情裁き。シリーズ第一弾。

藤井邦夫

知らぬが半兵衛手控帖

投《な》げ文《ぶみ》

長編時代小説〈書き下ろし〉

かどわかされた呉服商の行方を追ううちに浮かび上がる身内の思惑。北町奉行所臨時廻り同心白縫半兵衛が見せる人情裁き。シリーズ第二弾。

藤井邦夫

知らぬが半兵衛手控帖

半化粧《はんげしょう》

長編時代小説〈書き下ろし〉

鎌倉河岸で大工の留吉を殺したのは、手練れの辻斬りと思われた。探索を命じられた半兵衛の前に女が現れる。好評シリーズ第三弾。

藤井邦夫

知らぬが半兵衛手控帖

辻斬り

長編時代小説〈書き下ろし〉

神田三河町で金貸しの夫婦が殺され、自供をもとに取り立て屋のおときが捕縛されたが、不審なものを感じた半兵衛は……。シリーズ第四弾。

藤井邦夫

知らぬが半兵衛手控帖

乱れ華《ばな》

長編時代小説〈書き下ろし〉

凶賊・土蜘蛛の儀平に裏をかかれた北町奉行所臨時廻り同心・白縫半兵衛は内通者がいると睨んで一か八かの賭けに出る。シリーズ第五弾。

藤井邦夫

知らぬが半兵衛手控帖

通《かよ》い妻

長編時代小説〈書き下ろし〉

瀬戸物屋の主が何者かに殺された。目撃証言から、ある女に目星をつけた半兵衛だったが、その女は訳ありの様子で……。シリーズ第六弾。

藤井邦夫

知らぬが半兵衛手控帖

籠《かご》の鳥

長編時代小説〈書き下ろし〉

北町奉行所臨時廻り同心の白縫半兵衛は、鎌倉河岸近くで身投げしようとしていた女を助けたのだが……。好評シリーズ第七弾。

藤井邦夫

知らぬが半兵衛手控帖

離縁状

長編時代小説〈書き下ろし〉

音羽に店を構える玩具屋の娘が殺された。白縫半兵衛は探索にかかるが、事件は思いもよらぬ方へころがりはじめる。好評シリーズ第八弾。

藤井邦夫

知らぬが半兵衛手控帖

捕違《とりちが》い

長編時代小説〈書き下ろし〉

本所竪川沿いの空き家から火の手があがり、付近で酔いつぶれていた男が付け火の罪で捕縛されたのだが……。好評シリーズ第九弾。

藤井邦夫

知らぬが半兵衛手控帖

無縁坂

長編時代小説〈書き下ろし〉

北町奉行所与力・松岡兵庫の妻女が行方知れずになった。捜索に乗り出した半兵衛の前に浪人者の影がちらつき始める。好評シリーズ第十弾。

藤井邦夫

知らぬが半兵衛手控帖

雪見酒

長編時代小説〈書き下ろし〉

大身旗本の本多家を逐電した女中探しを命じられ、不承不承探索を始めた白縫半兵衛だったが、本多家の用人の話に不審を抱く。

藤井邦夫

知らぬが半兵衛手控帖

迷い猫

長編時代小説〈書き下ろし〉

行方知れずだった鍵役同心が死体で発見された。遺体を検分した同心白縫半兵衛は、着物の裾から猫の爪を発見する。シリーズ第十二弾。

藤井邦夫

知らぬが半兵衛手控帖

秋日和

長編時代小説〈書き下ろし〉

赤坂御門傍の溜池脇で男が滅多刺しにされて殺された。半兵衛は、男が昔、中村座の大部屋役者をしていた女衒の栄吉だと突き止める。

藤井邦夫

知らぬが半兵衛手控帖

詫び状

長編時代小説〈書き下ろし〉

白昼、泥酔し刀を振りかざした浅葱裏を一刀のもとに斬り倒した浪人がいた。半兵衛は、田宮流抜刀術の同門とおぼしき男に興味を抱く。

藤井邦夫

知らぬが半兵衛手控帖

五月雨

長編時代小説〈書き下ろし〉

行方知れずの大店の主・宗右衛門がみすぼらしい人足姿で発見された。白縫半兵衛らは記憶を失った宗右衛門が辿った足取りを追い始める。

藤井邦夫

知らぬが半兵衛手控帖

渡り鳥

長編時代小説〈書き下ろし〉

阿片の抜け荷を探索していた北町奉行所隠密廻り同心が姿を消した。臨時廻り同心白縫半兵衛は、深川の廻船問屋に疑いの目を向ける。

藤井邦夫

知らぬが半兵衛手控帖

夕映え

長編時代小説〈書き下ろし〉

大工の佐吉が年老いた母親とともに姿を消した。惚けた老婆と親孝行の倅の身を案じた同心白縫半兵衛が、二人の足取りを追いはじめる。

藤井邦夫

知らぬが半兵衛手控帖

主殺《しゅうごろ》し

長編時代小説〈書き下ろし〉

日本橋の高札場に置き去りにされた子供を見つけ、その子の長屋を訪ねた白縫半兵衛は、蒲団の中で腹を刺されて倒れている男を発見する。

藤井邦夫

知らぬが半兵衛手控帖

忘れ雪

長編時代小説〈書き下ろし〉

八丁堀の同心組屋敷に、まだ幼い少年が白縫半兵衛を頼ってきた。少年の体に無数の青痣を見つけた半兵衛は、少年の母親を捜しはじめる。

藤井邦夫

知らぬが半兵衛手控帖

夢芝居

長編時代小説〈書き下ろし〉

百姓が実の娘の目前で無礼打ちにされた。町方が手出しできない大身旗本の冷酷な所業に、白縫半兵衛が下した決断とは。シリーズ最終巻。

藤井邦夫

新・知らぬが半兵衛手控帖

曼珠沙華《まんじゅしゃげ》

時代小説〈書き下ろし〉

藤井邦夫の人気を決定づけた大好評の「知らぬが半兵衛手控帖」シリーズ。その続編が4年ぶりに書き下ろし新シリーズとしてスタート！

藤井邦夫

思案橋《しあんばし》

新・知らぬが半兵衛手控帖

時代小説〈書き下ろし〉

楓川に架かる新場橋傍で博奕打ちの猪之吉が死体で発見された。探索を始めた半兵衛の前に猪之吉の情婦の家の様子を窺う浪人が姿を現す。

藤井邦夫

緋牡丹《ひぼたん》

新・知らぬが半兵衛手控帖

時代小説〈書き下ろし〉

奉公先で殺しの相談を聞いたと、見知らぬ娘が半兵衛を頼ってきた。五年前に死んだ鶴次郎の半纏を持って……。大好評シリーズ第三弾！

藤井邦夫

名無《なな》し

新・知らぬが半兵衛手控帖

時代小説〈書き下ろし〉

殺しの現場を見つめる素性の知れぬ老人。後を追った半兵衛に権兵衛と名乗った老爺は何を隠しているのか。大好評シリーズ待望の第四弾！

藤井邦夫

片えくぼ

新・知らぬが半兵衛手控帖

時代小説〈書き下ろし〉

音次郎が幼馴染みのおしんを捜すと、おしんは思わぬ事件に巻き込まれていた……。粋な人情裁きがますます冴える、シリーズ第五弾！

藤井邦夫

狐の嫁入り

新・知らぬが半兵衛手控帖

時代小説〈書き下ろし〉

行方知れずだった薬種問屋の若旦那が嫁を連れて帰ってきた。その嫁、ゆりに不審な動きが。知らん顔がかっこいい、痛快な人情裁き！

藤井邦夫

隠居の初恋

新・知らぬが半兵衛手控帖

時代小説〈書き下ろし〉

吟味方与力・大久保忠左衛門の友垣が年甲斐もなく、後家に懸想しているかもしれない。連れ立って歩く二人を白縫半兵衛が尾行ると……。

藤井邦夫

歳三の首

長編歴史エンターテインメント

箱館戦争の最中、五稜郭付近で銃弾に斃れた土方歳三。その亡骸をめぐり新政府弾正台と元新撰組隊士永倉新八の息詰まる攻防戦が始まる！